真・瑠璃色の雪

～ふりむけば隣に～

アイル【チーム・Riva】　原作
前薗はるか　著
リバ原あき　画

PARADIGM　NOVELS 87

登場人物

瑠璃《るり》　壺に封じられていた金髪の雪女。封印を解いた博士の部屋に住み着いてしまう。

真部《まなべ》博士《ひろし》　両親が他界して一人暮らしを始める。科学部に所属しており、実験が大好き。

星野《ほしの》恵《めぐみ》　占い好きの下級生。博士を運命の人だと信じ込む。

永輪《ながわ》陽子《ようこ》　博士の幼なじみ。ずっと博士の面倒を見ている。

こるり　瑠璃のいた壺から出てきた、正体不明の女の子。

今日野《きょうの》香織《かおり》　学校でも人気の美人教師。古典を教えている。

日野宮《ひのみや》綾霞《あやか》　魔物を封じる巫女。瑠璃の存在に気づくが…。

奥里《おくさと》雪那《ゆきな》　博士と同じ街に住む雪女。娘の真名と二人暮らし。

第二章 雪那

第七章 こるり

目次

Prologue

「…………ゆきをんな」

非常に平板な声で、博士《ひろし》は今聞こえた奇妙な言葉を自分でくり返してみた。

「はい！」

にこっ、と目の前の女の子がにっこりして頷《うなず》いた。

「ふぅーーん、そうか」

「はい、そうです！」

にっこり。

「ゆきおんな、ねえ」

思慮深く腕組みをして、博士はしかつめらしく首をひねる。

さて、それはいったいどこの国の言葉だったろうか。

「日本語です」

いや、日本語にはそんな単語はなかったはずだ。「ゆきお・んな」だろうか。ユキオというのは日本語だが、そこに「んな」がつくのはおかしい。「ゆきおん。な？」かもしれないが、「な」はともかく「ゆきおん」というのはこれまた日本語としては奇妙にすぎるし、「ゆ・きお・んな」とか……

「いーかげんにしなさいっっ！」

すっぱぁーーんっっ！

Prologue

「んがごっ！」

チンに思いっきり強烈なアッパーカットをくらって、博士は天井近くまでふっ飛んだ。

物理の法則に従って放物線を描き、そのまま床に墜落する。

「あぎっ！」

腰骨をフローリングに叩《たた》きつけられて、エビ反って苦悶《くもん》する目の前の床を、白いソックスの足がどん、と踏み鳴らした。頭上から鋭い声がつきささってくる。

「ばかげた現実逃避してる場合じゃないでしょ！　ゆきお・んなでもゆ・きお・んなでもないの！　ゆき・おんな！　雪女よ！　現実を直視しなさいっ」

「ぬおぉっ？　よ、陽子《ようこ》、おまえなぜオレの考えてることがわかったんだ！」

あまりにも的確すぎる指摘に博士はいっそう大きくのけぞった。視界の中で逆さになって見える陽子の視線が思いっきり冷たくなる。

「全部口に出して云ってたわよ！　…………ちょっと博士？　あんた何やってるの」

「いや、あともうちょびっとでぱんてぃーの色が」

げしっ！

「うぎぁっ！」

側頭部を力いっぱい蹴り上げられて、博士は悶絶した。

「…………で、だ」

あらためて床の上にあぐらをかいて、博士は現実を直視した。

ちょこんとかわいらしく膝《ひざ》をそろえてにっこりしている、どこか時代がかった和服姿だが金髪碧眼《へきがん》の、ついさっきがたどこでもない場所——正確に云えば物理的に考えればどうやったって人間が入ってなんかいられないような場所——からいきなり目の前に飛び出してきた、女の子を。

「雪女？」

「はいっ！」

元気な返事が返ってきた。

「わたし、雪女の瑠璃《るり》と申します。どうぞよろしくお願いいたします」

ぺこっ。

深々と頭を下げられて、博士は深ーいため息をもらした。よっこいせ、と立ち上がる。

「病院行け、誇大妄想狂」

身をかがめて、瑠璃と名乗った娘の手首をつかんだ。

「きゃぁっ！」

「うわっ？」

瑠璃が悲鳴をあげ、まるでドライアイスを思いっきり握ったような衝撃に博士も叫び声をあげて瑠璃の手を放り出した。

冷たい。それも、ハンパじゃなく。

「…………雪女？」

「だからそう云ったじゃないですかぁ……ぐすっ」

瑠璃の手首は、博士の手の形にやけどをしたように真っ赤になっていた。よほど熱かったらしく、大きな瞳には涙が浮かんでいる。痛そうにふうふうと手首に息を吹きかけて、そっともう一方の手でさすった。

「ちょ……っと………」

「え？」

呆然《ぼうぜん》としたように陽子が呟《つぶや》いた。首を傾げ、博士は陽子の目線を追って、そしてあんぐりと口をあけたままかたまった。

涙目で赤くなった手首をさすっている瑠璃は……空中の何もない場所にちょこんと正座していた。愕然《がくぜん》と凝視する二人の視線に気づいて、きょとんと首を傾げる。

「あの……どうかなさいましたか？」

自分が宙に浮かんでいることを、これっぽっちも疑問に思っていないらしい表情。

陽子が一つ、吐息をもらした。

「ほんとうに……雪女なのね」

「ちょ……ちょっと待て陽子！　なんでそうなるんだ！」

断を下した陽子に、思わず反駁《はんばく》の言葉が飛び出した。陽子がかるく肩をすくめる。

「だって、冷たいんでしょう？」

「う……まあな。人間とは思えないほど」

「本人も雪女だって云ってるわよね？」

「うむ……そうだな」

「宙に浮いてるわ」

「ま………まあ、そのようだな」

「ふつうの人間にできることじゃないわよ。普通の人間が壺《つぼ》の中から出てきたり宙に浮かんだりしてるより、雪女だっていうほうがまだ論理的な説明に思えるけど、わたしには」

反論のしようがなかった。

そう——何がそもそもいけないといって、瑠璃が壺の中から出てきたってことなのだ。

ここは、陽子の父親が所有するマンションの一室。博士は今日、この部屋に引っ越してきたばかりだ。というか、この部屋に引っ越して来るために荷物を運び込んで、陽子に手伝わせてその整理をしていたところだったというのが正確なところだ。荷物の中から博士が科学部部長として常にその真理を追究してやまない——ひらたく云えば大好きな——作りかけの爆発物が出てきて、ちょっと荷ほどき作業を中断してそいつをいじっていたら、ほんのちょっとした手違いでそれが暴発した。よくあることだ。そのせいで、床にちょっとした穴があいた。それもよくあることだ。

よくあることではなかったのは、なぜか床下に——まあ、この部屋は一階だから床下があるのはともかくとして——なんだか古めかしそうな壺が転がっていて、そしてそれがお札《ふだ》のようなもので封印されていたことだ。

いかにもあけちゃいけません、というように張ってあるお札というものは、当然ながらはがすために存在している。だから、もちろんのこと、博士はそのお札をはがした。

そしたら、いきなり壺の中から、——まだ手首が痛いのかちょっと涙目の——瑠璃がすぽっと飛び出してきて、「わたし雪女の瑠璃と申します」なんてにっこりしたのだ。

ちなみに、壺の本体は博士が簡単に片手で持てるようなサイズだった。

どう位相変換をしたところで、人間一人ぶんの体積の数分の一しかないのだ。

たしかに——陽子が云うとおり、ここに人間が入ってたと考えるより雪女が入ってたと思うほうが、精神衛生にはいい。

「まあ……じゃあ、とりあえずそこは譲っておまえが雪女だってことは認めてやるとしよう。……んで、なんで壺の中にいたんだ？」

渋々それは認めてあらためて瑠璃に向き直ると、瑠璃はちょっと唇をすぼめるようにして考え込む表情になった。

「ええと……たぶん、封印されていたんだと思うんですけれど」

「だから、なんで」

「さあ……」

「さあ、って、自分のことだろうが」

「はい。でも……すみません、わからないです」

「わからない、って――」

「記憶喪失、ってことかしら？」

やはり首を傾げた陽子が口をはさんで、瑠璃はまだ不確かそうな表情で、しかしこくんと頷いた。

「たぶん、そうなんじゃないかと思います。なんにも、覚えてませんです」

「名前は覚えてるじゃないかよ」

「はい。それだけは覚えてるんですけれど、でもほかはわからないです」

しゅん、と申し訳なさそうに瑠璃がうつむく。

ふう、と陽子が大きなため息をついた。

「しょうがないわね。――とりあえず、じゃあ瑠璃さんの記憶が戻るか、身寄りがあらわれるかするまで、ここにいるといいわ。博士、面倒《めんどう》見てあげなさいね」

「へ……っっ？」

「わあ、ありがとうございます博士さま！　よろしくお願いしますです！」

「ちょっと待てっ！」

決めつけた陽子と即座に満面の笑みになった瑠璃を、慌てて遮る。

「なんで俺が！」

「だって瑠璃さんの入ってた壺はこの部屋から出てきたじゃない」

「この部屋じゃない！　床下だ！」

すうっ、と陽子の視線が冷たくなって、全身がひんやりと寒くなった。

「その床下に何が入ってるのかわかっちゃうような大穴をあけたのは誰？」

「…………ボクです」

「この部屋は誰のもの？」

「陽子さんちのです」

「じゃ、決まりね」

「決めるなっ！」

「うるさい。家主に口答えするなら出てってもらうわよ？」

「うっ……」

ほんとうはマンションの持ち主は陽子じゃなくて陽子の父親——先日事故で死んでしま

った博士の父親の長年の親友でもある。そういう関係だから陽子は博士の幼なじみだ――なんだが、それを指摘して得られるものはおそらく陽子の平手か拳《こぶし》かキックか、……どれかはわからないがそのたぐいのもの以外にはあり得ない。

「……………わかりました。面倒見させていただきます。……見りゃいいんだろ」

「よろしい」

鷹揚《おうよう》に頷いて、陽子はにっこりと瑠璃に笑いかけた。

「そういうわけだから、記憶が戻るなりなんなり、これからどうすればいいのかがはっきりするまでここでゆっくりしていてね？　ついでに博士がこの部屋に女を連れ込んだりしないように監視しといてくれると助かるわ」

「おいっ……陽子！」

「はい！　わかりましたです、陽子さま！　ありがとうございます！」

博士の抗議はまるで当然のことのように完全に無視された。

陽子が帰っていき、博士は自称雪女だという、しかしどう見てもおとぎ話に出てくるような雪女とはかけ離れた容貌《ようぼう》の――いや、美人なのは確かだが――金髪で青い目の、だが異常に体温が低くて宙に浮かんだりできるところだけは雪女かもしれないと認めざるを得ない娘と二人っきりで取り残された。

「博士さま」

ちらっ、とさぐるような目で瑠璃がこちらを見る。目が合うと、あらためて三つ指をついて深々と頭を下げた。

「よろしくお願いいたします」

「…………」

博士はため息だけをついた。

やっかいなものをしょいこんでしまったような気がする——。

第一章　女難？

とんとん。

「ん……」

お日さまがぽかぽかと背中に降り注いできて、非常に気持ちがいい。あったかくて、ぬくぬくで、じつに幸せだ――。

とんとん。

「……ん」

さっきから、何かがつんつんと肩先をつっついている。幸福な午睡のひとときをかき乱そうとするその感触をわずらわしく振り払って、博士はあらためてぬくぬくとした陽光の誘いに意識を委《ゆだ》ねる。

と。

「真部《まなべ》くんっ！」

すっぱぁーんっっ！

「いぎゃっ！」

鋭い声と衝撃が同時に側頭部を張り飛ばして、がばっと博士ははね起きた。

「痛いじゃないかっ…………あ」

「よくお休みでしたわねえ？」

身を起こした目の前でにっこりと妖艶《ようえん》な笑みを浮かべていたのは今日野香織《きょうのかおり》――博士の

クラス担任で、古典の教師である女性だった。理知的な細い銀縁眼鏡の向こう側から博士に微笑《ほほえ》みかける視線が、……おそろしく剣呑《けんのん》で冷たかった。どうやらそれで博士の側頭部をひっぱたいたらしい出席簿を胸元で抱え直して、にっこりと、ものすっごくおそろしい笑みを浮かべる。


「は……ははは……」

「おはよう」

「お、……おはようござ……います」

「今はお昼寝の時間かしら？」

「さ……さあ……。どう、でしょうね」

「そうだと思う？」

「えー……っと」

たらりと背中を冷たい汗が流れていく。

「ちがう、……かな？」

「じゃあ、今はなんの時間かしら？」

「……たぶん、古典――じゃないかと」

「よくわかったわね」

香織の笑みがますますにこやかに、そして瞳の冷ややかな光は今や零度以下にまで温度がさがっていた。

「じゃあ、古典のお勉強をしましょうね？」

「は……はい」

「それから放課後、職員室にいらっしゃい」

「…………………はい」

「よろしい」

とってもおっかない低ーい宣告に神妙に頷《うなず》くと香織はくるりときびすを返して教壇へと戻っていった。かつ、かつ、かつ、と歯切れのいいヒールの音があちこちから聞こえるくすくす笑いの間で硬質に響く。

博士は香織に聞こえないようにため息をもらした。香織は理知的な美人でプロポーションもかなりよさげに見えるのだが、いかんせんこのおかたくて教育熱心なところが珠《たま》にきずだ。それさえなければ、ほんとにとってもいい女だと思うのだが。

「――次。真部くん、現代語訳」

「わかりません」

自他ともに認める理系人間の博士は自慢じゃないが国語はともかく古典はからっきしダメだ。言下に返すとじろりと香織が睨《にら》む。だが、どっちにしてももう呼び出しはくらってしまっているのだから同じことだ。

「わかりません！」

胸を張って同じ言葉をくり返すと、根負けしたように香織が巨大なため息をついた。


ようやくお説教から解放されて職員室を出た時にはげっそりと疲れ果てていた。だが、幸いなことに今日は部活の日だ。楽しい楽しい実験が博士を待っている。香織にこってりと絞られていてすこし遅くなったが、爆発物の一つや二つを制作するぐらいの時間は残っている。

「あなた」

気持ちをすっぱり切り替えて科学部の部室へ向かおうと廊下を歩いていくと、低くひそめられた声が博士を呼び止めた。そちらをふり返って、博士は思わずまばたきをした。

なんだか大仰なフードつきのマントをまとった人物が、廊下の角から体を半分見せていた。フードに隠されて顔は見えないが、今聞こえた声からして、たぶん、女の子だろう。

「……おれ？」

「そう、あなたです。――出逢《であ》いと女難の相が出ています。運命の出逢いがあなたを待っています。ですが同時に災いにも見舞われます。どうぞお気をつけて……」

「……は？」

いきなり妙なことを云われて、博士はあんぐりと相手を見つめた。相手はいっそう深くフードを引き下ろして、すすすすすす……と廊下の向こう側へ後じさっていった。

あまりにあぜんとしていて、気がついた時にはもう相手の姿はどこにも見えなくなってしまっていた。

「女難？」

首を傾げる。ちらっと傍らへ目を向けた。

じつは、見えないからあくまで推測だが、そこには瑠璃がいるのだ。昨日いきなり床下の壺《つぼ》の中からあらわれた非常識な雪女は宙に浮かぶことができるだけでなく、姿を消すことさえもできるのだった。

やっぱり女難といえばこれだろうか、と再び部室へ向かいながら考える。いや、それが出逢いの相のほうなのか。だがやはり瑠璃は運命の出逢いというよりは女難のほうか。

昨日、陽子が帰ったあとで、博士は買い物のために街へ出た。ついて来たいと云うので――それで瑠璃が姿を消せることがわかったのだが――瑠璃を連れて出たらガラスの自動ドアに激突するなんて古典的なボケをかますわ、何やら騒がしいと思ったらいつの間にかアイスクリーム屋に入っていた――いい匂《にお》いがしたらしい――瑠璃が金を払わずに店を出ようとしていたとか、やっとのことで家に帰ってテレビをつけたら「箱の中に人がいる」と大騒ぎするわ、とにかく、さんざんだったのだ。その上さらに夜中にふと気づいたら瑠璃はすやすやと寝たまま宙をふわふわ漂っていて、ちょっと乱れた裾《すそ》と太股《ふともも》のあたりが妙に気になってしまってそれっきり目が冴《さ》えてしまって眠れなくなった。もともと古典は苦手でわからないというのもあるが、香織にひっぱたかれるまで起きなかったぐらい熟睡してしまったのは瑠璃のせいだということもできる。

（……やっぱり女難だな）

ため息をついて、博士は部室の戸をあけた。

「あら。もう先生のお説教終わったの？」

部室には、陽子がいた。陽子は科学部の副部長なのだ。といっても部員は部長の博士と陽子と、あと一人、ほとんど部活には顔を出さない上級生がいるだけなのだが。

まあな、と生返事を返して、博士はごそごそと戸棚をさぐる。

「…………おい陽子。ここに置いておいた硝石知らないか」

「処分したわよ」

「なにぃっ！　おまえっ、なんてことをするんだっっ！　硝石がなくちゃ火薬が作れないじゃないかっ」

「……あのねえ」

大きなため息をついて、陽子は冷えた目でじろりと博士を見返した。

「どーして火薬が作れなくちゃいけないのよ」

「決まってるじゃないか。爆発物を作るためだ！」

「作るんじゃないっっ！」

胸を張ったらパンチをくらった。陽子は男のロマンを解さないのだ。まあ、いずれまた硝石は仕入れてくることにして、博士は殴られたあごをさすりながらちらっと陽子の様子をうかがう。

陽子は自分の実験に戻っていて博士のほうには注意を向けていない。それを確かめて、博士は素早く棚からとあるものをとって懐につっこんだ。陽子に気づかれないようにそうっと部室を出る。そしてこそこそこそっと学校の裏庭へ出た。

爆発物がだめなら、次なる男のロマンはこれ——ロケットだ。陽子はまだこれが制作途中だと思って油断しているのだろうが、ところがどっこい、博士にかかればちょちょいのちょいなのだ。もうすでにロケットは完成し、あとは打ち上げ実験を残すだけとなっている。当然のごとく、そのための火薬も装填《そうてん》済みだ。

発射台にロケットをセットし、これもやはり部室から持ち出してきたマッチを取り出して火をつけ、ロケットの尻からのびる導火線に近づける。

「あーーっっ！　博士っ！」

まさに導火線に着火しようとしたその瞬間、陽子の大声が博士の手元を狂わせた。

「やめなさい！　そんなもの飛ばしたら危険だから禁止って…………あーーーっ！」

「ん？　おおっ！」

陽子の声にふり返った肘《ひじ》にあたって、ロケットの角度が変わっていた。しかし導火線にはもう火がついている。しかも導火線はとっても短くつくってある。万一陽子に見つかって阻まれそうになっても発射実験ができるようにという博士の先見の明だ。

「ちょっと！　火を消しなさいってば！　ああっっ！」

陽子が叫んだ時にはすでに遅かった。ぼむっ、と炸裂音《さくれつおん》がして火薬に火がついた。はじかれたようにロケットが発射台から飛び出していく。……博士の狙《ねら》った成層圏ではなく地面とほぼ水平、ごくわずかに仰角がついた角度のまま。

しゅうううぅぅぅ……

徐々に高度をあげながら、ロケットはぐんぐんと突き進んでいき、そしてちょうど小柄な女の子の額ぐらいの高さにまで上昇した時だった。

どかん！

「きゃあっ？」

ちょうどそこへ見事なタイミングでやってきた小柄な女の子の額に、ロケットは激突して、そして地面に落ちた。わずかな時間差をおいて、額にロケットの直撃をくらった女の子のほうも気絶して地面にくたっと崩れ落ちた。

「……だからやめなさいって云ったのに」

陽子が深ぁいため息をついた。

「うーん………」

ちいさく唸《うな》って、女の子がぱちっと目をあけた。身を乗り出して、博士はその顔をのぞきこむ。

「目、さめた？」

声をかけると、女の子はまじまじと目を見開いて博士を凝視した。大きな目だ。

「その……気分、どうかな。おれ科学部なんだけど、ちょっと実験に失敗して、ロケットがきみに当たっちゃって。大丈夫？」

「あたしのこと……心配して付き添っててくださったんですね………」

「は？」

ぽわぁん、と女の子の目が潤んで、頬《ほお》が赤らんでいく。奇妙な反応に戸惑って、しかし責任を感じてついていたのは事実だから博士は頷いた。

「まあ、そういうことになるかな」

「ああ……っ！」

ふいに女の子が派手に身悶《みもだ》えして、思わず、腰が引けた。うっとりと潤んだ瞳を天井へ

向けて、女の子は胸の上で両手をぎゅうっと組み合わせる。

「やっぱりそうだわ。今日がその日だったんだわ……！」

「は？　ねえ、ちょっと、きみ……？」

「先輩っ！」

不安になっておそるおそる女の子の顔をのぞき込むと、逆に女の子はがばっと起き上がって博士の手をおもむろにわしづかみにした。

「お名前、教えてくださいっっ！」

「な、名前？　おれの？　えーと……真部博士だけど」

「真部先輩ですねっ！」

ずい、と女の子は博士の顔のまん前に顔をつき出した。

「あたし、一年の星野恵《ほしのめぐみ》ですっ！　星の啓示を受けました！　先輩はあたしの運命の人だったんです！　お会いできて感激ですっっ！」

「う……運命？」

「先輩……」

恵と名乗った女の子はうるるっ、と瞳を潤ませて博士を見つめた。そして頬をほんのりと染めたまま、目を閉じてわずかに唇を尖《とが》らせるようにする。

「ちょ………ちょっと待った！」

握った博士の手を自分の胸元へ引き寄せようとする恵の手に慌てて、博士はつかまれていた手をもぎ離した。あまりの激烈な急展開に頭がついていっていない。

「そ、その、いや、あのええとっ……！」

「どうしたんですか？　先輩？　ねえ」

甘ったるい鼻声で囁《ささや》いて、恵は目を閉じたまま顔を上向ける。

いや、それは嬉しいが、だがだからといって、たった今顔を合わせたばっかりの女の子と、というのはどうにもこうにも……。

「げ、元気なんだったらよかったよかった！　うん、お大事にっ！」

「え？　あっ、先輩っっ！」

上ずった声でひと声叫んで、博士は脱兎のごとく恵を運び込んで寝かせておいた保健室から逃げ出した。そのままの勢いで昇降口を通過し、校庭を横切って校門を飛び出す。

ふり返っても学校が見えないところまでやってきて、ようやくほっと息がつけた。

なんだったのだろう——今のアレは。

運命の人？　博士が？

(出逢いの相が出ております)

いきなり辻斬《つじぎ》りのように博士の運勢を占ってあっという間に姿を消した妙な占い師の言葉が耳の奥によみがえってきた。

たしかに、いろんな偶然（と陽子の邪魔）が積み重なって博士は恵に出逢ったが。

そんなことが、ありえるんだろうか――。

「あら――博士？」

首をひねりながらとりあえず家へ帰ろうと歩き出すと、博士を呼んだ声があった。顔をあげると、陽子だ。

「さっきの子、どうしたの。大丈夫だった？」

「ああ――意識は取り戻したし、体はなんともないみたいだったぞ」

アタマのほうは、もしかしたらちょっとやばい状態になってるのかもしれないが。

「そう。よかったわね、おおごとにならなくて」

陽子の家は博士の住んでいるマンションの近くにある。つまりご近所で、帰る方向は一緒だ。だから自然と、並んで歩きはじめることになった。

「………あ！」

マンションと学校の中間あたりにある川を越える橋のたもとにさしかかった時、ふいに陽子が大声をあげた。

「博士、あれ！」

陽子が指さした方向を見て、博士は目をぱちくりさせた。

上流から、段ボール箱が流れてきていた。だいぶくたびれた段ボールだ。それもけっこう長い間水につかっているのか、くたくたになっている。半ば以上傾いて、今にもひっくり返ってしまいそうだった。

「あれがどうかしたか？」

「ばか！　見えないの！　段ボールの中！」

陽子が叫ぶ。あらためて川面へ目をやって、再び博士は目をしばたたいた。

箱の中には小猫が一匹、入れられていた。

「助けなくちゃ！　放っておいたら箱が沈んじゃう！　あの子、死んじゃうわ！」

どくん、と体の奥底で何かが大きく震えた。

死ぬ。

小猫が。

死　ヌ　――

全身が心臓になってしまったかのようにどくん、どくん、と脈を打っていた。

「…………博士っっ！　何やってるのよ！　早く助けてあげてっ！」

陽子の金切り声が鼓膜を叩《たた》いて、何かを考えるよりも先に博士は流れていく段ボールめがけて川に飛び込んでいっていた。

小皿に入れてやった牛乳を、小猫がぴちゃぴちゃと舐《な》めている。濡《ぬ》れていた毛皮ももうすっかり乾いて、ごろごろと喉《のど》を鳴らす音がよく聞こえる。

「もう大丈夫ね」

陽子が手をのばして頭を撫《な》でてやると小猫は目を細めてその手に頭をすりつける。陽子の目が和んだ。

「かわいいですねぇ」

陽子の傍らで瑠璃もにこにこしていた。

「えくしっ！」

鼻がむずむずして、博士は大きなくしゃみをした。

小猫をたっぷりなで回して気がすんだのか、陽子が立ち上がった。

「……さて、じゃあわたしは帰るわね。博士、タマの面倒《めんどう》、ちゃんと見てあげてね」

「はあ？　タマ？　面倒？　なんだそれ」

「だってうちは犬がいるもの。小猫なんて飼えないわ。かわいそうじゃない。瑠璃さんはタマにはさわれないし、あんたが面倒見るしかないでしょ？」

「ちょ……ちょっと待て！」

「ぶつぶつ云わない！」

びしっと博士に指をつきつけて、陽子はきっぱりと云い放った。

「これはもう決定なの！　この子はタマ！　あんたが飼うの！　いいわねっ」

云いたいことだけを云うだけ云って、陽子はすたすたと部屋を出ていってしまった。

「えっくしっ！」

またくしゃみが出た。猫を助けようと十一月ももうすぐ終わろうとしてる時期に川に飛び込んだのだ。いちおう（猫の後で）風呂には入ったが、ずぶ濡れのまま家に帰ってくるまでの間に体はすっかり冷えきってしまっていた。なんだか背中もぞくぞくする。

「にぁ〜〜」

陽子が勝手にタマと名前をつけて置いていった猫が足元にすり寄ってきた。ひょいと首のあたりをつかんでもちあげて、のぞきこむ。

ついてなかった。

「女難だ……………えーーーっくしっっ！」

ぞわっと寒気がして、博士は巨大なくしゃみをした。


ぞくぞくする。体が重くて、すごく熱い。

苦しい。

頭が、がんがんする。

「う……」

苦しくて、寝返りをうとうとして、だが体が動かなかった。

（母さん、ん……）

子供のころ、博士は体が弱くてよく高い熱を出したものだった。母親が額を冷やしてくれて、子守り歌を歌ってくれて、それでずい分と楽になって眠ったものだった。

だが、博士にはもう母親はいない。いつだったか忘れてしまったほど昔に、病気で死んだ。顔も、もうすでに覚えていない。そのころから博士の体は丈夫になり、熱を出すこともほとんどなくなって、子守り歌を歌ってもらったことも半ば以上忘れかけていた。

熱を出しても、寝込んでも、看病してくれて付き添ってくれて子守り歌を歌ってくれるひとは、もういないのだ——。

苦しくて、熱のこもった喘《あえ》ぎをもらす。

と——ふっと額が冷たくなった。

「ひとつ……」

細い、柔らかな声。

（なん、だ……？）

高い熱に朦朧《もうろう》としたまま、博士はぼんやりと目をあけた。

のぞきこんでくる、優しい瞳。

「今は子一つ……雪もよに……」

柔らかく、優しく響く、懐かしい感じのする歌声。

「群れを探して……なく声は——……」

昔歌ってもらった子守り歌とちがったが、それはやはり子守り歌だった。

(母さん……)

とてもほっとした気分になってちいさく微笑《わら》い、博士はもう一度目を閉じた。


朝になると熱はすっかりひいていた。妙な夢を見たような気がするが、熱にうかされていたせいだろう。——とうに死んでしまった母親が看病してくれて、子守り歌を歌ってくれたなど、現実であったはずがないのだから。

「瑠璃。おまえ、今日も学校ついてくるのか」

「え……ええと、いいえ。今日は……遠慮しておきます」

かぶりを振った瑠璃が微妙に視線をそらしているような気がして、博士は首を傾げた。

「ならおれは学校行くぞ」

「はい、いってらっしゃいませ……あいたっ」

博士を見送ろうとしたのだろう、床に手をついて立ち上がろうとして瑠璃はちいさな悲鳴をあげた。顔を歪《ゆが》めて、片方の手のひらをもう片手でそっとさするようにする。

その仕草に見覚えがある気がして、それがなんだったのか思い出した瞬間にはたと思いあたった。

「あ――！」

直接瑠璃には触れられないが、瑠璃の服にならなら触れられる。袖《そで》をぐいと引っ張って瑠璃に腕をあげさせ、目の前へ引っ張ってくる。

のぞきこんだ瑠璃の手のひらは真っ赤に腫《は》れ上がって、火ぶくれさえできていた。

まじまじと瑠璃の顔を見ると、瑠璃は困ったように視線をそらす。

じゃあ――やっぱりあれは、夢でもなんでもなかったのだ。

ひんやりと冷たくてすごくいい気持ちだったのは。

「ばかかおまえは」

「……すみません、博士さま……」

消え入るような声で瑠璃が呟《つぶや》く。

「でも、お苦しそうだったから」

「だからっておまえがこんなやけどまですることないだろう！」

「ごめんなさい……」

泣き出しそうな声に、博士はふいと顔をそらした。瑠璃の袖を放す。

「今日はうちでおとなしくしてろ」

「はい。……すみませんでした」

しゅん、と沈んだ声が頷く。

博士は瑠璃に背中を向けて大きく息を吸った。

たしか、おいしそうな匂いがした、と云っていた――。

「おい、瑠璃」

「はいです、博士さま」

「おまえ、アイスクリームうまかったか」

「……はい。おいしかったです。冷たくて甘くて」

吸い込んだ息を、一気に吐き出した。

「おれが帰るまでおとなしく待ってろ。みやげに買ってきてやる」

一瞬、瑠璃がきょとんとしたのがよくわかった。

「…………はいっ！　いってらっしゃいませ！」

ものすごく嬉しそうに頷いた声にふり返るのがあまりにも照れくさくて、博士は瑠璃のほうを見ないまま、ふいっと部屋を出た。

第二章　あやまち

テスト用紙をさし出すとともに、香織は特大のため息をついてみせた。

「真部くん」

「はい？」

「明日から補習」

「ええっ？」

思わず叫び声をあげていた。

「冗談じゃないですよ！　テスト前だってのに！」

「テスト前だから、でしょう」

もうひとつため息をついて香織は腕組みをした。

「あなたね、自分の点数わかって云ってるの？」

「え？」

云われてはじめて、博士は受け取ったばかりの小テストの解答用紙に目を向けた。

真っ赤だった。

バツ印で。

「留年したい？」

愕然《がくぜん》と動きをとめた博士に、冷ややかな声が突き刺さる。

「もう一年、みっちり古典の勉強がしたいって云うなら、それでもいいわよ？　……放課後、教室で待っていなさい」

「…………はい」

さすがに現実と「留年」というかなり確実性の高い未来をつきつけられては反論のしようもなく、博士は補習の命令を受け入れるほかにはなかった。

しかし、補習という言葉ほどげっそりうんざりした気分になる単語もこの世にはないのではないだろうか。その日の授業が終わり、掃除が終わるまでのわずかな猶予期間を利用して校内をふらふらしながら博士は考える。

「あーあ……——ん？」

そろそろ教室へ戻らなくてはならない時間だ。ため息をついてきびすを返した博士は奇妙な光景に首を傾げた。

普段はあまり使われない階段の、閉鎖されている屋上に向かう途中の踊り場で、ごそごそと動いている人影があった。

女の子だった。頭のてっぺんに結んだ大きなリボンに見覚えがある。この間博士がロケットで直撃をくらわせてしまった女の子——星野恵だ。

恵はもぞもぞと体をくねらせるようにしていた。巨大なふろしきのような深い紫色のものを頭からかぶろうとしているのだ。

その重そうなふろしきもどきにも、博士は見覚えがあった。マントつきのふろしき——

じゃなくてフードつきのマント、なにやらあやしげなししゅうがされているのにも見覚えがある。あの日いきなり博士に声をかけてきてわけのわからない予言をしてどこへともなく去っていってしまった、辻斬《つじぎ》り占い師だ。

あれは、恵だったのか。

ふと、いたずら心が動いた。

階段からちょっと離れたところで様子をうかがっていると、着替えを終えて顔を完全にフードで隠した恵が階段の陰から廊下のほうをのぞきこんだ。誰か占う相手はいないだろうかと探しているのだろう。

その背後に、博士は足音を忍ばせて近寄っていった。

「恵ちゃん」

「ひゃあぅぁっ！」

肩を叩《たた》いて名前を呼ぶと、恵は奇妙な悲鳴をあげて飛び上がった。飛びすさった拍子にフードがずれて、その下からやはり恵の顔があらわれる。

「ま……真部センパイ？」

「やっぱり恵ちゃんだったんだね」

「センパイ…………」

恵は短い間、呆然《ぼうぜん》としたように博士を見つめていたが、その瞳が徐々に熱っぽく潤んでいった。頬《ほお》がほんのりと赤らんで、感極まったようにひしっと胸元で手を組み合わせる。

「すごいです、センパイっ！　やっぱりセンパイはあたしと運命の赤い糸で結ばれているんですねっ！　嬉しいです、センパイっっ！」

「わたっ……ちょ、ちょっと！」

人どおりは少なかったが廊下のどまん中でひしっと抱きつかれて、博士は慌てて後じさろうとする。しかし恵はいっそうぎゅうぎゅうと抱きついてきて、離れようとしない。

「こんな完璧な変装してるのにあたしだってわかってくれるなんて！　センパイはあたしがどんな姿をしててもあたしだってわかってくれるんですねっ！　そんなにあたしのこと愛してくれてるなんて、あたし嬉しいですっっ！」

がっしりと博士に抱きついたまま、恵はすりすりと博士の胸板に顔をこすりつける。揺れたリボンが鼻先をくすぐって、くしゃみが出てしまいそうだ。

「いや、別にそういうつもりだったわけじゃなくて、これはたまたま……っ」

「……博士？　何してるの？」

ひくーーい声が呼んで、ぎくりと博士は顔をあげた。

もんのすっごく冷たい目をした陽子が腕組みをしてそこに立っていた。大慌てで博士は恵を引き剥がした。いや、べつに博士は陽子のことをどうとか思ってるわけじゃないが、やっぱり女の子に抱きつかれてるところを見られるのはちょっと困る。

きょとんと博士を見上げてからふり返った恵がようやく陽子に気づいて首を傾げた。

「センパイ？　誰ですか、このオバサン」

「おば……っ！」

いきなりの暴言に陽子が絶句した。あらためて陽子に向き直った恵が、ふふん、という顔をする。そしておもむろにもう一度、ぎゅむっと博士に抱きついた。

「ねーえ？　センパイ？　お知り合いですかぁーー？」

「あ……う、うん。いちおう。幼なじみ」

「ふぅーーん。はじめましてぇーー。真部センパイのカノジョ、でーーーーーす」

「か、彼女、ですって？」

陽子は思わずといった様子でその言葉をくり返し、そして挑発的な目で自分を見る恵をじろりとにらみ返した。そのまま、その険《けわ》しい視線が博士に突き刺さってくる。

「…………ずいぶんと悪い趣味ね、博士。知らなかったわ。そんな貧乳のちんちくりんが好みだったなんてねえ」

「ひ、貧乳？」

恵の声がひっくり返った。思わず博士は恵の胸元を見つめてしまう。……たしかに、大きくはなかった。だからといってぺったんこというわけではなかったし博士なんか今ようやく気がついたのだが、同性に向ける女のチェックは厳しい。陽子のほうは、どっちかといえば胸はでかいほうだ。そのふくらみを強調するように腕を組んで胸をつき出し、陽子は勝ち誇ったように恵を鼻で笑う。唇を尖《とが》らせて、恵が陽子をにらみ返した。

「胸が大きければいいってもんじゃないでしょう！　お肌曲がってるわよ、オバサン！」

「なんですってぇっ？」

ばちばちばちばちばちばちっっ！

空気が数万ボルトの電流を帯びて急速に剣呑《けんのん》になっていくのがはっきりとわかった。

「よ、陽子……？　恵ちゃんもさ、あの」

「うるさいっ」

「センパイは黙っててくださいっ！」

仲裁しようとした博士の言葉は両側からにべもなくはねつけられた。

「これはあたしとこのオバサンの問題ですっ」

「そうよ、こんな小娘にバカにされて黙って引き下がれるはずないでしょ！　あんたはひっこんでなさいっ」

びしびしびしっ！

陽子と恵が互いを睨《にら》みつける視線が激しくスパークする。

どうやらお呼びではないようだったので、博士はとりあえずその場から逃げ出すことにした。そうっと後じさって、別の階段から迂回《うかい》して教室へ向かう。

それにしても、なんだっていきなり女の戦いがはじまってしまったんだろうか。

(もしかして陽子のやつ、おれに惚《ほ》れてるのか?)

「……真部くん?」

ふいに名前を呼ばれて、またしてもぎくっとした。

目の前に、腕組みをした香織が立っていた。

「放課後、教室で待っているように云わなかったかしら、私」

「……はい、そう云われました」

「ここはどこかしら?」

「えーと……廊下です……」

そう、と頷《うなず》いて、香織はにっこりした。

「じゃあ、さっさと教室に入りなさいっ」

「はははははいっっ!」

響いた怒声に、博士は転がるように教室に駆け込んでいった。

——そして数時間後。

さっぱりわからない古典の講義をみちみちに詰め込まれてげっそりと体力を消耗し、博士はとぼとぼと商店街を歩いていた。

「楽しかったですね、博士さま」

傍らから瑠璃の声がする。今日も姿を消して博士にくっついて学校へ来ていたのだ。

「こてん、って面白いです」

「面白くねーよ」

ほんとに、博士は古典は苦手なのだ。

「おまえ、わかったのかよ」

「はい。とってもわかりやすかったですよ、香織先生のお話」

博士には、まるっきりちんぷんかんぷんだった。

ちょっといじけた気分で唇を尖らせ、うつむいて歩いていた視界に、まん丸い目が入ってきて、博士は足をとめた。目が合って、じいっっ、とその目が見上げてくる。

「博士さま？　この子、誰ですか？」

女の子に気がついたらしく、瑠璃が訊ねる。博士は首をひねった。

「さあ。知らん」

はじめて見る女の子だ。

なんとなく視線が外せなくて見つめているうちに、じわっ、と女の子の瞳が潤んだ。

「……ふぇぇぇぇぇーー」

まさか博士が知らないといったのに傷ついたわけでもないだろうが、いきなり泣き出されてしまって博士はあせる。

「ど、……どーしたんだ？　おい」

目の前で声をあげて泣き出した幼稚園児をそのまま無視して立ち去ることは、さすがにできなかった。仕方なく博士はしゃがみこんで、女の子の顔をのぞきこむ。

「名前は。ママは？　おかあさんと一緒じゃないのか」

「まなのママいないのーー。いなくなっちゃったのーーー」

とくん、と心臓が縮んだ。

（おかあさん？　おかあさんどこ？）

（母さんはもういないんだよ、博士。わかるか？　母さんは死んだんだ）

耳の奥に甦ってきた父親の声に博士は強く頭を振った。

「まなちゃんって云うのか？　ママとはぐれちゃったんだな？　迷子になったのか」

「ひっく……まなのママ迷子になったのーーー。どこにもいないのぉーーー！」

まな、という名前らしい女の子はついにこらえきれなくなったのか大声をあげて泣き出した。困り果てて、博士はあたりを見回す。どう考えても迷子になったのはこの子で母親のほうじゃないんだろうが——さて、どうしたものか。

とりあえず、交番へ連れて行くのがいいだろう。

「じゃあお兄ちゃんと一緒にママのこと探そう。な？」

そう云うとまなはこくんと頷いた。博士は立ち上がって、まなと手をつないでやる。

交番に向かって歩き出そうとした時だった。

「まなーーーっ！　まなっ？」

「あっ！　ママだーー！」

聞こえてきた叫び声にまながぱっと顔を輝かせて叫んだ。

「ママーーー！」

「まなっ！　真名っ！」

娘の声が聞こえたのか、すっかり日の暮れてしまった雑踏の中から声が近づいてくる。

「真名……あ、真名っ！」

駆け寄ってきたのは、簡素なヘアバンドで髪をまとめたＯＬふうのおねえさんだった。

がしっと真名を抱きしめて大きな息をつく。

「もう……だめじゃないの、一人で勝手に歩いてっちゃ！　……あ、どうもありがとうございます。娘を見つけてくれたんですね？　──……？」

博士が真名の手を握っているのを見て、顔をあげた女性はわずかに眉《まゆ》をひそめた。けげんそうな表情に博士は首を傾げる。

「いや、おれはたまたま、目が合っちゃっただけで……」

「あなた──……何者？」

「は？」

ゆっくりと立ち上がった女性が険しい声を出して、きょとんとした。目をぱちくりさせて女性を見返すと、じっと目を見据えられる。睨むような目線に居心地が悪くて目をそらし、博士は一度まばたきをした。

（……あれ、香織先生？）

見直してみても、やはりそれは香織だった。まあ、香織もこのあたりに住んでいるはずだったから見かけてもおかしくはないのだが。

香織は一人ではなかった。やけに化粧も服装もハデな女と一緒だ。同じぐらいの年代に見えるから友達なのだろうが、にしては香織はなんだか迷惑そうな顔をしている。

「ねえ――あなた。お名前は？」

腕をつかまれて、はたと目の前にいた母娘のことを思い出した。

女性はやけに真剣なまなざしで博士をまだ睨みつけるようにしている。

「私、奥里雪那《おくさとゆきな》。あなたは。住所教えてもらえない？　あなたに話したいことがあるの。ものすごく大事な話よ。――今夜、お邪魔させてもらっていいかしら」

それは質問というよりはほとんど命令だった。雪那と名乗ったその女性のあまりの剣幕におされて、博士は頷き、名前と住所とを教えた。

じゃあ今夜、と声をひそめるようにして頷いた雪那が、すっかり泣きやんでにこにことふり返って手を振る真名を連れて去っていく。

「……なんだったんだろう、今の」

見回すと香織と連れの女の姿はもうどこにも見えなくなっていた。


シャーペンのはしっこをかじって、博士はため息をついた。昨日のおさらいだと云われて香織に小テストのようなプリントを渡されたのだが、……半分もわからない。

頭をがしがしとかいて、もう一つため息をつき、ちらっと香織の様子を窺《うかが》う。——と、香織はいつの間にか舟をこいでいた。ぜんぜん問題が解けずに苦悩している博士を黙って見守るうちに眠ってしまったのだろう。そろそろ期末テストだし、その準備以外に博士用にこうやって問題を作ったりして疲れているのかもしれない。

しみじみと香織を見つめる。やっぱり……美人だ。授業をしてるんでなければ。

やっぱり、先生との個人的なおつき合いは放課後の教室じゃないところでやりたいものだ、とあらためて思いながら、博士は身を乗り出して香織が熟睡しているらしいことを確かめる。そして、今日もそこにいるはずの瑠璃を小声で呼んだ。

（おい……瑠璃）

「はい？　なんでしょう博士さま」

（ば、ばか！　小声でしゃべれ。先生が起きるだろ）

（あ…………すみません。なんですか）

急いで瑠璃が声を落とした。

（おまえ、先生の云ったことわかった、って云ったよな。この問題わかるか）

（はあ……わかりますけど）

（答え。教えろ）

（えーっ？　そんな、ずるはだめですよぉ）

（じゃあ何か？　おまえ、おれが留年してもいいのか）

（問題がちがうと思います）

（いーから教えてくれよ。全部じゃなくていいんだ。ちょっとはわかったんだな、って先生が思う程度で。あとは家で勉強するからさ）

（…………ほんとですか？）

ひそひそと云うと、疑わしげなひそひそ声が返ってくる。もちろん嘘《うそ》だがそんなことを認めたりはしない。古典なんかできなくても人間生きていけるのだ。

（ほんとだって。だから、なっ、頼むよ）

（……じゃあ云いますけど。博士さま）

（ん？　なんだ？）

（今書いてある答え、全部まちがってますです）

無言で、博士は消しゴムをつかんだ。

瑠璃に教えてもらった答えで七割ぐらいプリントを埋めた。香織はまだすうすうと眠っている。プリントを残してこっそり帰ってしまってもいいんだろうが——なんだかそれも仁義に反するような気がするし、せっかくよく寝てるのを起こすのもかわいそうで、博士はまたシャーペンをかじる。ちらりと、姿は見えないがそこにいるはずの瑠璃を見た。

昨夜。強引に博士から住所を聞き出して去っていった迷子の母親、雪那はほんとうにマンションへやってきた。娘を寝かしつけてから来たらしく、一人で。そして部屋に迎え入れられるなり、姿を消していた瑠璃のいるところをきっと見据えたのだ。

「あなた、雪女でしょう？　どうして妖気をおさえてないの？」

そのセリフにもびっくりしたが、もっと仰天したのはそのあと続けて、雪那が自分も雪女なのだと告げたことだった。それからもさらにびっくりするような内容の話が続いた。

雪那によれば、雪女というのは女しか生まれない種族で、人間と交わって子供を産むのだそうだ。そのために、ほんとうは瑠璃のようにひくい体温をちょっと平熱の低い人間程度に調節することができるし、雪女特有の妖気——これで雪那は瑠璃の存在に気づいたらしかった——も外へもらさないように抑えることができるはずなのだ、と。

「妖気を今みたいに放出して歩いてたら危険よ。退魔師という連中がいるの。人間じゃない、私たちみたいな生き物を問答無用で殺すか、封印しようとする連中が。このままじゃ

やつらに目をつけられてしまうわ。仲間をみすみす殺されてしまうのは見るに忍びないのよ。体温の調節は無意識にできてしまうことだから教えてあげることはできないけど、妖気を抑えるのは訓練でできるようになるわ」

いきなりそんなことをたたみかけるように云われて、困惑しないわけがない。だがじっさいに雪那は姿を消していた瑠璃を見抜いたのだし、よくはわからなかったが危険があって、それを回避できるならしておいたほうがいいのだろう。瑠璃がいると部屋でえっちなビデオさえ見ることもできなくてそれなりにうっとおしいが、だからといって殺されてしまってもいやだ。考えただけでぞっとする。

「ん………」

香織が身じろぎをした。はっと顔をあげて、あたりを見回す。目が合って、博士は香織にちいさく笑いかけた。

「おはようございます」

「あ——……ご、ごめんなさい。先生、いつの間に寝ちゃったのかしら」

「けっこう前ですよ。……といってもおれもプリントまだ全部はできてないんですけど」

「どこまでできたの？　見せてごらんなさい。……あら、ずいぶんできてるわね」

博士からプリントを受け取って目をおとし、香織はふわっと嬉しそうな顔をした。ちくん、と良心が疼《うず》いた。

「じゃあ、今日はここまでにしておきましょう。おつかれさま」

「ありがとうございました」

「それで…………ねえ、真部くん？」

ほっとして頭を下げると、いくらかためらいがちに香織が言葉を継いだ。

「はい？　なんですか」

「あのね……あなた今夜、時間あるかしら」

「時間ですか。なくはないと思いますけど……なんでです？」

「その……」

博士から目をそらして、香織は口ごもった。

「先生と……デートしてくれない？」

あんぐりと口をあけて、博士は石になった。


頭ががんがんする。ひと声唸《うな》って、博士は頭を振った。強くなった頭痛にまた呻《うめ》く。

目をあけると、周囲がピンク色だった。

（……？　どこだ？　ここ）

きょとんとまばたきをして博士は起き上がり、あたりを見回した。

ハデなピンクの内装。巨大なベッド。……それ以外には何もないといってもいい、あまり広くない室内。ベッドのヘッドボードにはティッシュペーパーの箱が置かれていて、その傍らに輪の形に盛り上がった平たくてちいさなビニールの袋がある。

どう見ても、ラブホテルだった。しかも、博士は上半身裸になっていた。

「えーと………」

はっきりしない頭を振って、記憶をさぐる。

たしか、放課後、補習を受けて。そうだ――デートをしてくれと香織に云われたのだ。なるべく大人っぽいかっこうで来てくれと云われて、ふだんは使わないコンタクトを入れてそれなりにキメた。瑠璃を雪那に任せて待合わせた場所にいくと香織は前の日一緒にいた派手な女と一緒だった。事情はよくわからなかったが適当に話を合わせているうちにだいたいの状況が読めた。女は香織の大学時代の同級生で、なにかのはずみで香織は彼女に恋人を紹介するとタンカを切ってしまったらしい。かといって恋人も、恋人を演じてくれる男友達もいなくて、窮余の策として博士に白羽の矢が立ったようだった。

結局三人で酒を飲んで――博士は飲み過ぎてつぶれてしまったのだろう。酒を飲んだことがないわけじゃないしそう弱くもないのだが、緊張していたせいか飲んだ気がぜんぜんしなくて、がぶがぶ飲んだのが悪かったのかもしれない。

だが――なんでそれでラブホテルなんだろう。

「……あら。目が覚めた？」

静かな声がした。見るとバスルームらしき扉から、ホテルのガウンを着た香織が出てきたところだった。腕に何かをかかえている。それを広げて、壁の一画にあったハンガーをとってそれにかけはじめた。

香織が着ていた服だと気がついて、その瞬間、全部を思い出した。

香織の友達と別れた時には、博士はべろべろに酔っ払っていた。緊張が解けて、どっと酔いが回って――そして支えてくれようとした香織の胸元に思いっきり………。

ゲロにまみれた服で酔いつぶれた男を抱えていてはさすがにタクシーにも乗車拒否をされたのだろう。どうしようもなくて、それで香織はホテルに入ったのだ。

「あの……すいませんでした」

「いいわ。無理なことを頼んだ先生が悪かったんだし。お互いさまということにしましょう。シャワーを浴びてらっしゃい。匂《にお》いで気持ち悪いでしょう？」

たしかに、口の中に胃液の匂いが残っていてあまりいい気分ではなかった。素直に頷いて、博士はバスルームへと向かった。吐いたせいか酔いはほとんど醒《さ》めている。シャワーを浴びて口をゆすぐとすっきりして、完全に頭がはっきりした。

部屋に戻ると、香織はベッドの端に腰を降ろして、髪をタオルで拭いていた。

いつもかけている眼鏡を外してうつむいている、風呂上がりでいくらか上気した横顔と首筋。心臓が早鐘を打って、そして急速に下腹のあたりが熱を帯びていった。

「あ——……ちょっと……真部くん？　何をするの！」

無言で歩み寄り、香織の肩をつかんでベッドに仰向けに押し倒すと香織がはっと身をこわばらせて慌てた声をあげた。

「やめなさい、真部くん！」

「無理ですよ先生——香織さん………」

「あ、ちょっと！　いや……だめ、あっ！」

もがく香織に体重をかけて抵抗を封じ、ガウンの上から香織の乳房をぎゅっとつかむと香織はびくんっ、と大きく震えて声をもらした。

「だめ、やめて……わ、私たち教師と生徒よ！」

「恋人でしょ、今夜は」

香織の首筋に顔をうずめて、かるく歯を立てる。あっ、と短い声をあげて香織が頭をのけぞらせた。香織の体から力が抜けていく。手のひらにとらえたボリュームのある乳房をこねると、強く頭を振る。

「だ、だめ……あっ、いや——……やめ、ぁうっ！　ひっ——……」

博士を押しのけようとする力はひどく弱かった。ガウンのベルトをほどいて前をはだけ、じかに弾力のある胸をまさぐって顔を伏せると長い声が香織の喉《のど》からほとばしる。

「い、いや……あっ、だめ、真部くん……あ、ふぅっ！」

「感じてるじゃないか、香織さんだって——ほら、乳首がこんなに」

「ひッ——あ、あぁっ！」

ぷっくらと勃起《ぼっき》した乳首をしゃぶると香織は全身をうねらせてむせび泣いた。

「真部、く……あ、くぅっ………」

「今夜は恋人だろ。博士って呼んで」

「あ、だめ、そこ……そこは——……あっっ……」

片手と唇で香織の乳房を愛撫《あいぶ》しながら、下のほうへもう一方の手をのばす。閉じようとする膝《ひざ》がしらを撫《な》でてやんわりと押し広げ、根元へとたどっていく。

そこはひどく熱く熱を帯びて、そして下着の上からもはっきりとわかるほどぬかるんでいた。

「ほら、こんなになってる。香織さんだってほしいだろ？」

「ひぐっ……あ、くふぅっ………！　あ、あ、だ、だめ、そこは……あ、……だめ、ああぁっ！　ひ、博士……く——ぁああっ！」

ぬるぬるするものに満たされたクレヴァスを上下に何度かさすると香織は感極まった声をあげてむしゃぶりつくように博士にしがみついてきた。

「だ、め……」

それでも懸命に抵抗する唇をふさぐ。徐々に、下着が湿ってくる。はっきりと割れ目の形にくぼんだ下着の上からそこを撫で続けると喉の奥で香織はくぐもった声をもらす。

「香織さん――感じる？」

「あ――くぅっ！　や、やめて……おねが、い……」

「気持ちいい？　ね、これ、脱いじゃおう？」

かりっ、と乳首をかじって囁《ささや》き、香織の下着に手をかける。全身で喘《あえ》ぎながらも香織はもういやがらずにかるく腰を浮かせて博士の手の動きを助けた。覆うものを失った場所を指でさぐると、ぬめる液体にまみれたちいさな突起が指先に触れて、香織が切なげに身をよじって濡《ぬ》れた声をあげる。

「ひ――あ、だめ、……そこは、……あぁ……あ！」

包皮を剥いて、指の腹でクリトリスをくにくにとこねると香織はびくん、びくん、と全身を震わせた。

「だめ、あ――……感じちゃ、う……」

「いい？　気持ちいい？　これ、感じるの？」

「はぅっ――……あ、あ……い、いい……いいわ、気持ち、いい……」

絞り出すように、香織がうわごとのように呟《つぶや》く。豊かな乳房が揺れて、香織はもどかしげに腰をうねらせて身悶《みもだ》えた。

「先生、香織さん……いい？　もういいよね」

香織のそこがこれ以上の前戯を必要としないほど受け入れる準備を整えているのは明らかだった。性急なのはわかっていたが博士の下半身ももうはちきれそうにふくれあがっている。枕元のコンドームをとって装着し、先端をぬかるみの中央に押し当てる。

香織の脚を抱えてかるく体重をかけただけで、ずるり、と博士のものは香織の体内にもぐりこんだ。香織が大きく背中をそり返らせる。

「あ――……っっ！　あひっ……はあぁぁぁっっ！」

「うっ……！」

熱くて、柔軟で、しかし吸いつくように博士を迎え入れた香織の肉襞が悩ましくうねって、博士は思わず呻き声をもらしていた。

根元まで挿入して、小刻みに腰を揺する。

「あっ、あ――あふぅっ……んっ、んんっ……！」

こらえきれない様子で香織は顔をしかめ、そして自分から大胆に腰をくねらせる。その動きに合わせるようにこりこりしたものがなんとも絶妙に分身をこねた。

「ぅんん……あっ、はふ――……すごい、あ――……だ、め……」

かすんだ瞳を潤ませて、香織が頭を振る。熟した腰がいっそう奔放にうごめいて、快楽を搾り取ろうとする。

「うぅっ……」

強烈な射精感がこみあげてきた。一気にイッてしまいそうになって博士は歯を食いしばり、懸命にそれをやりすごす。

「せ、先生……香織さん、だめだって、そんなにしたらおれ……あ――」

「あっあっ、んんっっ！　い、っ……」

香織がシーツの上でのたうつと張りのある乳房がふるふると揺れる。唇を噛《か》みしめて、香織はぎゅっと目を閉じ、陶酔しきった様子で甘ったるい喘ぎ声をあげていた。

「は……っ、あ、あ――……博士くん……ぅぅんっ、あ、そこ――……あ……っっ！」

「ううっ……！　かお、り……」

「あっ、い、いい……いい、の――……すごい……感じる……」

「く――」

「あ、いい……いいっ…………あぁぁっ、だめ、もう……もうだめ、もっ、と……あ、ああっ……！」

きゅうっ、と香織のソコが激しく痙攣《けいれん》して、ひとたまりもなかった。歯を食いしばったがとうてい襲いかかってきた巨大な快感の波には抵抗しきれず、博士は獣じみた声をもらして勢いよく射精した。

「あぁ……っ、感じ、あ――……い、いくぅぅ…………っっ！」

どくん、どくん、と脈動した博士のペニスに感じて、香織が全身をのたうたせて絶叫をあげた。

「あひっ、くっ……あぁーーーあぁぁぁっっっ！」

長い悲鳴は激しい痙攣に幾度か途切れ、恍惚《こうこつ》のもたらした放心に香織がぐったりと脱力するまで続いた。

「はぁ……はぁ…………あ……ん……」

うつろな瞳を天井へ向けて、弱々しく喘ぎながら、香織がわずかに表情を歪《ゆが》めて唇を噛んだのを、博士は見てしまった。


夜半すぎ。ようやく着られる程度にかわいた服を互いに身につけて、博士は彼のほうをいっさい見ようとしない香織とともにラブホテルの外へ出た。ホテル代は当然ながらというか香織が払って、香織が我に返ってからずっと続いていた気まずい沈黙がいっそう重くのしかかってくる。

「……真部くん」

「はい……」

ひくい声で呼ばれて、博士も緊張したひくい声を返した。

「頼みをきいてくれたことには、感謝してるわ。流されてしまったのは私も同じだからあなたを責めるつもりはないけれど」

香織の声はひどくこわばっていた。

「今日のことは忘れなさい。私とあなたは教師と生徒なんですから。いいわね」

「……はい」

神妙に、博士も頷いた。ほんとうは今日のことをたてにとれば香織と関係を続けることは不可能ではないだろう。だが、そういう卑怯《ひきょう》なことはしたくなかった。香織も酔っていて、博士に代役を頼んだくらいで恋人がいなかった。ラブホテルにいるという状況に流されただけなのだ。ことが終わったあとで香織が死ぬほど後悔しているらしいことが感じ取れただけに、これ以上香織を傷つけるようなことはしたくなかった。

「おれ……古典、ちゃんと勉強します」

「期待してるわ。おやすみなさい」

「おやすみなさい」

互いに顔をそむけあったままそう言葉を交わして、ホテルの前で左右に別れた。

第三章　本心

学校も補習もない日曜日。

こんな日にすることと云えば、当然！　決まっている。

というわけで惰眠をむさぼるべく博士はぬくぬくとベッドにもぐりこんでいたのだが、突如としてそのベッドから蹴り出された。

蹴り出したのは陽子だ。博士を床に蹴転がしておいて、ばたばたと布団をふるってシーツと枕カバーをひっぺがしている。

「おまえ、何をしてるんだ？」

「見てわからない？」

ふり返って、陽子は首を傾げた。博士は腕を組んで、陽子の姿をあらためて検分する。

片手にほうき。片手にはたき。動きやすいジーンズ。大きなエプロン。小脇にかかえた洗濯物。

「おそうじのおばさんみたいだな」

「おばさんは余計っ！」

ぴきっ、と陽子の額に青筋が立った。どうやら、この間恵に「オバサン」とやりこめられたのが尾を引いているらしい。女の戦いの結果は知らないがあれ以来陽子はトシの話には異常なほどセンシティブになっている。

「見ればわかるでしょ？　おそうじしてるの。あんたの部屋があんまり汚いから！」

「ちょ……ちょっと待てっ！」

「黙ってなさい！　ほっとくと散らかる一方なんだから！　この部屋、足の踏み場もないじゃないのよ！　そうじしてあげてるんだから文句云うんじゃないのっ」

「ばかを云うな！　ちゃんと足場は確保してある！　ほら見ろ！」

胸を張って、博士は足元のタマを指さした。「？」という顔で陽子がタマを見る。

タマは身を低く伏せ、ちょっと持ち上げた尻を左右に振っていた。猫が何かを狙《ねら》っている時の動作だ。じっと狙いを定め、大ーーきくジャンプして、一メーターほど向こうの、床の露出している部分に着地した。

「な？　ちゃんと移動できるだけの足場は」

「ひ〜〜ろ〜〜〜し〜〜〜〜〜〜？」

ぼぐぅぅっっ！

「うぎゃあぁぁっっ！」

……数十分経過。

「陽子さま？　これはどうしますか？」

「ああ、捨てちゃっていいわよ」

「…………………すご――く大事なんだけどなあ、それ」

「え？　博士さまなにかおっしゃいました？」

「なんにも聞こえないわよ。瑠璃さんの気のせいじゃない？」

「そうですか？　陽子さまがそうおっしゃるんでしたらそうですね、きっと」

「…………………」

先にシーツをとりかえて布団もたたんだベッドの上に追いやられて、博士は存在を無視されたまま憮然《ぶぜん》と膝《ひざ》を抱えて陽子が瑠璃とともに（博士にとっては）居心地よくものが配置（散らか）された部屋を乱して（片づけて）いくのを見守らされていた。

「……このあたりはだいぶまともになったわね。さて次は……あっ」

かっしゃん、とひどく頼りない音がして、博士はがばっとベッドの上に立ち上がった。しゃがみこんでいた床から立ち上がった陽子が、ふり向いたはずみで棚の上にあったものに肘《ひじ》をぶつけたのだ。

陽子が息をのんで、おそるおそる床からそれを拾いあげる。

「ご、……ごめん……博士」

「陽子、きさま……！」

それは、スペースシャトルの模型だった。いや、陽子の手の中にあるのはもはや模型ではなく、二つ折りになった模型だ。

「それもゴミか」

「博士……」

「ええ？　それもゴミなのかよっっ！」

「ごめんなさい……」

博士の怒鳴り声にびくっと身をすくめて陽子が蚊の鳴くような声をもらす。ぎりっと奥歯を噛《か》み締めて、博士は陽子をにらみつけた。

「誰がおまえにおれの部屋をめちゃくちゃにしてくれって頼んだんだよっ！　勝手に踏み込んできて好き勝手しやがって！　全部もとに戻せ――戻せよっっ！　戻したら出てけ！　出てったら二度と入って来るなっっ！」

「…………っ……」

「博士さま！」

うつむいた陽子が唇を噛んで、見かねたように瑠璃が間に割って入ってきた。

「それはいくらなんでも云いすぎですよ。陽子さまだって悪気があったわけじゃ」

「うるさいっ！　なんにも知らないくせに口出すなっ！」

ありったけの声で喚いて、博士はベッドから飛びおりた。床板をどすどすと踏み鳴らして部屋を横切り、そのままますぐに部屋の外へ出た。ばたん！と力いっぱいドアを叩《たた》きつけて閉め、マンションの外へ飛び出す。

瑠璃は知らないのだ。あの模型は――あれは博士が科学に興味を持ちはじめたころに父親が買ってくれたものだったのだ。

ほんの数か月前、交通事故でお亡くなりになりました、といきなり告げられた父親にものを買ってもらった記憶はないに等しい。いつも忙しくしている男で、顔さえろくに見ないことも多かった。

だから、父親との思い出など、ろくにありはしない。形として残るようなものはあのスペースシャトル一つきりだったのだ。それを、陽子が——。

(…………なんだ)

怒りにまかせて街をどすどすと歩き回るうちに徐々に頭が冷えてきたのだろう。ふいに理解して、博士は半ばあっけにとられたような気分で足をとめた。

(おれ、ずいぶん……引きずってたんだな、親父《おやじ》が死んだこと)

博士の母親は、博士が幼いころに病死した。だがそのころの博士には母親の病状はよくはわかっていなかった。ある日突然、もうお母さんはいないんだ、と宣告されたようなものだった。そして父親も——これはほんとうに青天の霹靂の事故死だった。

どじな親父だ、と、連絡を受けた時にはそう思った。……はずだった。だが、そうではなかったのだ。思い出のおもちゃがこわれたぐらいで、こんなにも博士は動揺している。

大きく息を吸い込んで、博士はきびすを返した。

もうひとつ、別のことにも、すでに博士は気がついていた。逆上したのは、模型を壊してしまったのが陽子だったからだ。とりなそうとしたのが瑠璃だったからだ。陽子なら、瑠璃なら博士の気持ちをわかっていると——信頼していたから裏切られた気持ちになったのだ。それだけ、二人を博士は身近な人間だと思っているのだ。

模型を買ってもらった嬉しさだって、博士は覚えてる。模型が壊れたからといって、生きていて近くにいてくれる陽子と瑠璃との絆《きずな》まで壊してしまうことはない。

部屋に戻るとはっとしたように顔をあげた陽子の目が赤かった。ちょっと照れくさくて博士は目をそらす。

「……怒鳴って悪かったよ」

「ううん……わたしこそ。ごめんね」

「博士さま……すみませんでした。わたし、なんにも知らなくて」

瑠璃も目を潤ませていた。博士は笑ってかぶりを振る。

「もういいって。陽子、それも捨てちまっていいぞ」

「でも」

「こわれたモノ飾っておいてもしょうがないだろ。親父との思い出がまるごとなくなっちまうわけじゃないんだし。——それにしても、腹減ったな」

「あ……じゃあ、ごはん作ってあげるわ」

救われたような表情になって陽子が笑顔をつくった。博士も笑って頷《うなず》く。手が早くて狂暴でなにかとうるさいが、陽子は料理の腕だけは一級品なのだ。

「わたしもお手伝いします、陽子さま」

「……へ？　瑠璃、おまえ料理できるのか」

「できません。でも陽子さまに教えていただきます」

にっこりした瑠璃に、いや～～あな予感が背筋を撫《な》でていった。くすくすと、用意してあったらしいエプロンをつけながら陽子が笑う。

「火を使うものは無理だろうけど、サラダとかなら瑠璃さんもやけどしないわよね。じゃあ手伝ってもらおうかな」

「はい……！」

瑠璃が嬉しそうに大きく頷いて、陽子のあとについて台所へ入っていく。

五分もたたないうちに、陽子と瑠璃を許してやったのはものすごく大きな間違いだったのかもしれない、と博士は思いはじめていた。いや、確信していた。

「きゃっ」

がしゃんっ！

「だいじょうぶ？」

「はい。あれ？　えーと………まいっか」

「あ、それくらいなら平気じゃない？　どうせ博士が食べるんだし」

「そうですね」

にっちゅねっちゅぐっしょぐっしょ。

というような、なんだかよくわからないが、とうてい料理を作ってるとは思えないような悲鳴やらひとりごとやら物音やらが次から次へと台所から聞こえてくるのだ。

ちらっと台所をのぞきこむと、陽子と瑠璃はずい分と楽しそうに並んで料理をしているようだった。見た限りではとってもなごやかな風景ではある……んだが。

しばらくして食卓に並べられたものを見て、博士は覚悟のツバを飲みこんだ。

陽子が作ったらしい、火のとおっているものはともかくとして。明らかに瑠璃が担当したとわかる、このガラスの小皿に入った、なんだかよくわからない、コレは……。

二つ並んだにっこり笑顔がおそろしかった。

だが食わないわけにはいかない。

「い……いただ、き……ます……」

大きく息を吸い込んで、博士はフォークをぐっと握って、それを口に放り込んだ。

「ん？　んんんんっっ？」

「博士さま？　あ、あの……おいしくないですか？」

はや涙目になった瑠璃がおろおろした声を出す。ごっくん、と口の中のものを飲み込んで、博士は瑠璃を見た。

「………うまい」

あんな見てくれをしてたくせに、味はちゃんとしてるのだ。自分の舌がどうかしたんじゃないかと思って陽子の料理も口にしてみたが、いつもの味だ。味覚がおかしくなったわけじゃない。もうひと口瑠璃の料理を食って、あらためて大きく頷いた。

「うまいよ、瑠璃」

「……………ありがとうございますぅ！」

ほっとしたように笑顔になった瑠璃は、ものすごく嬉しそうだった。


「せ〜〜んぱいっ！」

校門を出たところで、ぽすっ、と腕に何かが飛びついてきた。見ると博士の腕にぶらさがるようにして、恵が満面でにこにこしている。

「よお、恵ちゃん」

「えへへーー。待ってたんですよーー。ねっ、センパイっ、デートしましょっ」

「デート？」

恵を見る。まあ、たしかに今日はテストの最終日で、時間はまだ昼まえだ。もう勉強もしなくていいし、デートにはうってつけの日と云えなくもない。

陽子とは折り合いは悪いようだが、はっきりいって恵はかわいい。かわいい女の子からデートに誘われてそれをむげに断るほど、博士は人でなしではない。

だが、問題がひとつある。

「博士さま………でーとってなんですか？」

耳もとでこそっと瑠璃が囁《ささや》いた。

問題は、これ――相変わらず姿を消して学校へついてきている瑠璃だ。博士はひとつ、大きなため息をつく。ぽん、と恵の肩に手をおいた。

「恵ちゃん。ちょっと、ここで待っててくれ」

きょとんとした恵が頷き、博士は恵をその場に残して物陰へ移動した。

「瑠璃」

「はい」

「デートというのはな、男と女が二人っきりでしばらく一緒に過ごすことだ。だからおまえがいるとデートにならない。先に帰ってろ。ついてくるなよ」

「…………はい。わかりました、博士さま」

しゅん、とした声で瑠璃が頷き、博士は校門のところへ戻った。

「お待たせ、恵ちゃん。デートしようか」

「えっ！　ほんとですかっ！　うわーーいっっ！」

ぱあっ、と恵の顔に笑みが広がっていって、抱きついてきた小柄で柔らかい体を博士は笑って抱きとめた。

「どこに行こうか」

「遊園地！　定番ですけど、今日のあたしは遊園地へ行くとラッキーなんです！」

「ラッキー？」

「はい！　占いに出てるんです。今日、好きな人と遊園地にいくといいことある、って」

にっこりした恵の言葉に、博士はなんだかひっかかるものを感じた。まあ、恵は占いマニアのようだからそういうゲンかつぎをしたいのかもしれないが。

だがデートに遊園地というのは、たしかに定番だが王道だ。

「行こうか」

「はい！」

促すとはじけるような笑みが返ってきた。

半日を恵とともに遊園地で過ごした。ティーカップでくるくる回り、メリーゴーランドではしゃぎ、絶叫マシンでともに絶叫し、おばけ屋敷では派手な悲鳴をあげた恵に抱きつかれる、という型通りだが楽しいフルコースだった。

街に戻って、ファミレスだったが食事をして、外に出た時にはもうすっかり夜も遅くなっていた。

「………センパイ」

家へ送っていく途中で、ぽつん、と恵が口を開いた。博士は足をとめてふり返る。

やはり立ち止まっていた恵の大きな瞳がじっと博士を見つめていた。

「もう、少し………一緒にいませんか」

いくらか緊張にこわばった頬《ほお》を、博士は見つめた。

恵が立ち止まっているすぐ傍らには――ラブホテルの入り口があった。だから恵はここで足をとめて、博士を呼んだのだ。

大きく息を吸って、そして吐き出した。

「きみのうちにつくまで一緒にいられるよ」

「センパイ――あたしのことキライですか？」

まっすぐに見つめてくる瞳。視線を合わせたまま、博士はかぶりを振った。

「嫌いじゃないよ。でも、ちがうだろう？」

遊園地に行くとラッキー、だけではなかった。デートの間、恵は幾度となく、こうすると運がよくなるんです、とか、これはおまじないなんです、とか、星のお導きです、というようなことを口にした。

はじめて恵に会った日も、恵は同じことを云っていた。星の啓示を受けました、センパイはあたしの運命の人だったんです、と。

「きみはほんとにおれのことが好きなのかい？」

「そんなの——当然です。だってセンパイはあたしの」

「運命の人だって占いが云っただけだろう？　きみ自身はどう思ってるんだ？　占いに出たことをそのまま丸のみに信じてるだけなんじゃないのかい？」

　恵の目が大きく見開かれた。絶句した恵に博士はちいさく笑いかける。

「そりゃおれだって男だから、据《す》え膳《ぜん》食わないのはもったいないなって思うけどさ。もう少し自分を大事にしたほうがいいんじゃないか？　占いがこうだったから、じゃなくて。自分がどう思ったかで決めたほうがいいと思うよ」

　ちょっと、いやかなりクサいせりふだった。恵はうつむいて、ぎゅっと唇を結ぶ。

「……………ごめんなさい」

「帰ろうか」

「はい」

　促すと今度は素直に頷いて、歩き出す。黙ったまま肩を並べて歩いた。

「……………あん、もう、部長ったら、やですよぉ」

「まあああまあ、そう云わずに。ほら、ふらついてるよ？　きみだって、なあ？　いろいろと、さみしいだろ？　ちょっと休んでいこう」

　明らかにべろべろに酔っぱらった声が聞こえて、博士はなんの気なしにそちらへ目をやって、そしてぱちくりとまばたきをした。

酔っぱらった女を、スケベな男がこれ幸いとホテルに連れ込もうとしている。見事にそのままの構図だったが、女のほうを博士は知っていた。奥里雪那——瑠璃と同じ雪女で、瑠璃に妖気をおさえることができるように手助けをしてくれた女性だ。何日もの厳しい精神統一の訓練の末に瑠璃はその術を体得して、それ以来雪那には会っていなかった。

「どうしたんですか、センパイ？　……ああーーーっっ！」

博士が立ち止まったことに気がついてそちらを見た恵が大声をあげた。

「お父さんっっ？」

「ぬ？　うっ……めっ、恵っっ？」

「あらぁ？　博士クンじゃないのぉ～～～っ！　こぉーんばんわぁーーっ」

博士に気づいて雪那が完全に酔っているのがわかる声をあげて、げらげらと笑った。雪那のそのセリフに、どうやら恵の父親だったらしいスケベ親父が血相を変えた。

「めっ、恵っっ！　なんだその男は！　おまえまさかっっ！」

「何云ってるのよ、お父さんこそその人は何よっ！　あたし見たわよっ！　今その人をホテルに連れこもうとしてたでしょっ！　人のこと云えるわけっ？」

「う……う、うるさいっっ！　問題をすり替えるなっ！」

「すり替えてるのはお父さんでしょっ」

「口答えするな！　男とホテルなど、絶対許さんっっ！　来いっ、帰るぞ！」

「ちょ……やめてよ、お父さんっ！　放してっっ！　あたしなんにもしてないわよっ」

娘がホテル街に男と二人でいた、ということに我を忘れたのか、それとも雪那を連れ込もうとしているところを見られたのをごまかそうとしているのか、恵の父親は手荒く恵の腕を引きずるようにしてその場をどすどすと去っていってしまった。

「あはははははは〜〜〜、部っ長〜〜、おやすみなさぁーーーいっ」

気がつくと博士はけたけた笑う雪那と二人でその場に取り残されていた。

見下ろすと、雪那はへべれけの見本のようにへべれけだ。声をかけてみてもまともな返事は返って来ない。送っていこうにも博士は雪那の家を知らないのだ。

かといってここに転がしておくわけにもいかない。諦《あきら》めて、博士は雪那を立たせて肩を貸し、よろめくのを支えて歩き出した。とりあえず自分のマンションへ連れて帰って起きるなり酔いが覚めるのを待つしかないだろう。

「……はい、雪那さん。つきましたよ」

「うぅーーん………」

「わ……ちょ、ととっ！」

ふいに雪那が首に抱きついてきて、博士はバランスを崩した。尻もちをついた体の上に雪那がどさっと覆いかぶさってくる。

酒の匂《にお》いと——そしてほのかに香水の匂いがした。

雪那が顔をあげた。酒のせいか潤んで見える瞳がどこか据わったように博士を見る。

「…………瑠璃さんは？　いないの？」

「え……？　ね、寝てると思いますけど。押し入れで」

瑠璃は眠ると制御がきかなくなるのかふわふわと宙に浮かび上がってしまうのだ。それが気になって博士が眠れなくなる。だから眠る時には瑠璃は押し入れの上段に敷いた布団に入ることになっていた。

押し入れのふすまは閉まっている。だから瑠璃がほんとうに中で寝ているかどうかはわからないが、もうこんな深夜なのだから、たぶん寝ているだろう。

「……そ」

納得したように、雪那は頷いた。

「じゃ、静かにしましょうね」

「え——……うぐっっ？」

ふいに唇をふさがれて、びくっ、と全身が硬直した。ちょっと酒くさい舌が口の中にもぐりこんできて、博士の舌をまさぐる。同時に雪那の手が股間《こかん》をダイレクトにまさぐってきて、博士は目を見開いた。

「ゆ、……雪那さん…………うっ……」

「静かに、ね。瑠璃さん起きちゃうでしょ」

くにゅくにゅと服の上から博士のそこを揉《も》みたてながら、雪那が小声で囁いた。胸板に雪那の胸が押しつけられてきて、洋服ごしにも乳首が勃《た》っているのがはっきりとわかる。股間を刺激してくる指の動きはひどく淫《みだ》らで的確で、あっという間に博士は準備オッケイ状態になっていた。

「うふふ……元気ね」

くす、と笑って、雪那の手がベルトにかかった。手際よく前を開いて、そして自分も腰をくねらせて短いタイトスカートをたくしあげ、下着を引き下ろす。

「ちょっと……雪那さん？」

まだ事態が把握できないであぜんとしているうちに雪那は体の向きを変えて博士に背を向け、投げ出された博士の足の間にしゃがみこんだ。下着から引っぱり出されたモノの根元に指が巻きついて固定し、上から腰を落としてくる。

「ん…………っ」

「うぅっ——」

ぬぷ、と生暖かい粘液とやわやわとした肉襞がナニを包み込んできて、ずきんときた。

博士の腰の上にしゃがむようにして受け入れた雪那がくい、くい、と腰をくねらせる。

「あ、ん……ふっ、はぁ…………」

ひくい声で呻《うめ》いて、雪那は吐息をもらした。どうやら胸を自分でいじっているらしいのがわかる。

博士は体の力を抜いた。雪那は恵とちがって大人の女だ。酔ってそういう気分になることもあるだろう。それになんといっても、もうすでにここでやめたらお互い非常にむなしいところまできてしまっている。

「んっ……あ、ふっ……」

ひくっ、ひくっ、と博士を包み込んだ場所が震え、うねり、蠕動《ぜんどう》する。

「はぁ、ぁぅ……んっ、………あ、く……ぅっ………」

感覚が高まってきたらしく、雪那は慌てたように口もとを手でふさいだ。しかし腰のうねりはいっそう激しく、いやらしくなって、たまらない衝撃が脊椎《せきつい》を揺らす。

「ゆ、雪那さん、そんなにしたらおれ…………うっ……」

「んっ……………ーーーーーーっっっ！」

ぶるっ、と大きく雪那の背が震えて、そりかえった。食いしばった歯の間から押し殺した呻き声がこぼれて、がっくりと雪那が床に倒れ込む。

「…………そうよ」

かすかな呟《つぶや》きが荒い呼吸の合間から聞こえた。

「寂しい夜だって、あるのよ…………」

「…………真名ちゃん、おうちで待ってるでしょう？　送っていきますよ」

目をそむけてそう云うと、雪那が頷いたのがわかった。

第四章　思い出

「博士さま。でーとしましょう！」

ふいにそう云われて、思わず茶を噴きそうになった。

「デートだぁ？」

「はい！」

にっこりと、瑠璃は頷《うなず》いた。

「公園がありますよね？　夜、あそこにいくととっても気持ちがいいんです！　一緒にいきましょう、博士さま！」

にこにこと笑う瑠璃に、ため息がもれた。どうもデートという言葉の意味を瑠璃はよくわかっていないようだ。まあ、どのくらい長い間壺《つぼ》に封印されてたのかは知らないがどうやら文明開化よりは前からのようだから、それも仕方のないことかもしれない。

だが、まあ——たまには深夜のデートというのも悪くはないだろう。

「ちょっとだけだぞ」

「わーい！　ありがとうございます、博士さま！　でーと、でーとっ！」

「デートじゃない。散歩につき合うだけだ」

いちおうそう云ってみたが、瑠璃にはどっちでもそう違いはないらしい。鏡をのぞきこんでいそいそと髪の乱れを直したりしている。博士をふり返って、にこっと笑った。

「姿……消していかなくってもいいですよね？」

たしかに今は夜中だから、瑠璃がこの時代錯誤なかっこうをしててもひと目にはつかない。そういえば、家の外で姿を消してない瑠璃と一緒に歩いたことはなかった。瑠璃はそれがしたかったのか。

「——……ああ。いいよ」

頷いてやると瑠璃は顔じゅうですごく嬉しそうに笑った。

公園までは歩いて十分かそこらの距離だ。その短い道のりを、瑠璃はまるでスキップするように宙をふわふわとあがったりさがったり、くるくる回ったりしながら進んでいく。たんに博士と一緒に、姿を隠さずに外に出られるというだけのことが、そんなにも嬉しいのだろうか。瑠璃が今まで何も云わなかったから気にしていなかったが、そうだと知っていれば以前から散歩につき合ってやったのに、と苦笑まじりに博士は考える。

「ほら、博士さま！　この木、立派でしょう？」

公園の一画にあったかなり大きな木の下へ博士を連れていって、瑠璃は空を指さした。

「この木ね、すごく背が高くて見晴らしがいいんです」

「あ——おいっ！」

ふわっ、と瑠璃が飛び上がって、博士は慌てて声をあげた。そりゃあ確かに今は夜中で人どおりもほとんどないかもしれないが、瑠璃がちょっとぐらい地面から浮かんでいるのとそんな高い木の枝に腰をおろしてるのを見られるんじゃぜんぜん話がちがう。

「おい、瑠璃！　よせ！」

「え？　なんでですか？　だいじょうぶですよ？　危なくありませんから」

「い、いや……」

枝の上から、幹にかるく手をかけて見下ろしてきた視線があまりに澄んでいて、咎《とが》めるのがかわいそうになってしまった。

昼間は絶対にこんなことはできないのだ。

「なんでもない。いい眺めか」

「はい」

「そうか」

見上げると、瑠璃はどこかうっとりした様子で広がる夜景に視線を向けている。

「ちょっと、このあたり、ひと回りしてくる」

瑠璃に声をかけて、博士はその場を離れた。ひとつ、吐息がもれる。

考えてみたら、瑠璃は記憶喪失なのだ。自分のことがまるでわからなくて、その上長い間封印されていてこの世界のこともよくはわからなくて。博士にはあまりそうは見せていないが、不安も戸惑いもずい分とあるのだろう。その上博士には邪険にされて、人前では姿を見せるなとか浮くなとか話しかけるな、とか云われて。

それでも瑠璃は熱を出した博士を看病したり、食事を作ってくれたりと博士の役に立とうとしてくれている。

（もう少し、瑠璃に優しくしてやるか——）

そんなことを思った時だった。

「きゃあぁーーっっ！　博士さまあーーーーーっっ！」

「！　瑠璃っっ？」

はっとして叫ぶと、瑠璃を置いてきた木のほうから、瑠璃がよろよろと、だが慌てふためいた様子でこちらへ向かってばたばたと宙を泳いできた。

「博士さまっ！　変な人がぁっ」

「どうした——……っ？」

背中のほうへ回り込んできて泣き声をあげた瑠璃を問いただす間もなく、異様な気配を感じて博士は反射的に瑠璃を背後にかばって瑠璃の来た方向へ向き直る。

一人の女が、そこに立っていた。漆黒の、表情のない瞳が静かに博士を見据える。

奇妙な女だった。白い着物に赤い袴《はかま》をつけて、巫女《みこ》さんのようなかっこうをしている。

静かにそこに立っているだけなのに、ぞっとするような威圧感を感じた。無表情な視線がじっと博士を凝視する。

「な……なんですか」

「どきなさい」

ひくい声で短くそう云うなり、いったいどこに持っていたのか、女は長刀《なぎなた》を取り出して構えた。威圧感がどっと増して、それが殺気なのだと博士は本能的に理解した。

女は殺意を持っている。そして博士にどけと云った。ということは、狙《ねら》いは瑠璃だ。

「……退魔師？」

以前、雪那が云っていた言葉を思い出して口にすると、ぴくり、と女が体を震わせた。

「そうなんだな？　瑠璃を――殺すつもりなのか」

「瑠璃」

女はごくわずかに、眉《まゆ》を寄せた。

「それは、妖《あやかし》だ。おまえ、それを知っていてかばっているのか」

まるで瑠璃を化け物かなにかと同じように呼ぶ女に、むっとした。

「瑠璃はそんなものじゃない！　瑠璃は瑠璃だ。なにも悪いこともしてない！　殺す理由なんかないだろう！」

女は無言で博士を見つめた。博士も女の目を見つめ返す。

女が視線にいっそうの殺気をこめる。威圧されて、膝《ひざ》ががくがくと震え出した。

だが、博士は目をそらさなかった。

殺させたりしない――絶対に。

す、と女の全身から殺気が消えた。長刀をおさめて構えを解く。

「見逃して……くれるのか」

「次は、容赦しない」

ぼそりとひくい声で呟《つぶや》き、女はきびすを返した。

全身にどっと汗が噴き出した。膝から力が抜けて、博士はその場にへたりこむ。

「博士さまぁ……。ぐすっ……こわかったですぅ……」

背後から半べその瑠璃の声が聞こえて、ほっとした。


次は容赦しない、と退魔師の女はそう云って去っていった。

瑠璃は雪那の特訓を受けて、妖気を抑えることができるようになっているはずだ。にもかかわらず退魔師に見つけられた、というのは——やはり人間ならあがらないような木の上にいたり宙に浮いたりするからだろうか。そういう時には微妙に妖気がもれるのかもしれない。

それに——瑠璃の、明らかに現代人じゃない着物もきっと問題なのだ。そうじゃなくても瑠璃の金髪はけっこうめだつ。その上にこんな変な着物を着てたら誰でも注目するだろうし、注意して見れば妖気がわかってしまうのかもしれない。

「瑠璃。おまえしばらく、外出禁止」

「ええ〜〜〜っっ？　そ、そんなぁ……ぐすっ」

「またあの女に見つかって殺されちゃってもいいのかよ」

「う……それは、やですけど………」

「とにかく、外に出るな。夜中でも木の上にのぼるのは禁止！　浮いたり姿を消したりしない！　いいな！」

「くっすん……」

瑠璃はがっくりしたように肩を落としたが、自分の身が危険だということがわからないわけでもないのだろう、いやだとは云わなかった。

だがそれ以来、ひどくしょんぼりして元気を失ってしまった。どうやら今までも博士が寝ている間に夜中の散歩に出たりしていたらしい。唯一の楽しみだったらしいからがっくりくるのもわからないではないが……危険すぎる。

「……気持ちはわかるけど、それちょっと瑠璃さんがかわいそうよ」

終業式の日、瑠璃が学校についてきていないことに気づいた陽子にわけを訊ねられて簡単に事情を説明すると、陽子はため息をついた。

「しょうがないだろ。あいつあんなに目立つんだし」

「あ、そうだ。洋服買ってあげたら？」

「はあ？　服？」

ぽん、と陽子が手を叩《たた》いて、博士は目をまん丸くした。

自分の思いつきが気に入ったらしく、陽子は満面に笑みを浮かべて大きく頷く。

「そうよ、そうすればいいじゃない！　要は、瑠璃さんが普通の人間にまじって目立たなければいいんでしょ？　普通の服を着て、外では宙に浮いたりしないようにしてれば問題ないんじゃない？」

「…………しかしなぁ」

「クリスマス近いんだし。服ぐらいプレゼントしてあげなさいよ。ね！　わたし、買い物つき合ってあげるから！」

女というものは買い物が好きだ。要は陽子が瑠璃の服を選んだりしたいんじゃないか、と思いはしたが、やはりしょげている瑠璃を見ているのはかわいそうだったし、博士は陽子のアドバイスに従うことにした。…………どういうわけなのかいつの間にか陽子にまでクリスマスプレゼントと洋服の見立てお礼として靴を買わされていたのはなんだか納得がいかないような気がしたが、しかし。

「博士さま！　ありがとうございますぅ、わたしすっごく嬉しいです！」

洋服を身につけてしまえばちょっと目立つ金髪の美人の女の子にしか見えなくなった瑠璃の喜びようはすごくて、ここまで喜んでもらえるなら悪い気分はしなかった。

「あのぉ……お散歩にいっちゃ、だめですか？　空は飛びませんから」

その夜早速そう云い出した瑠璃に、博士も苦笑して頷いた。

「でもちょっと心配だな。おれもついてってやるよ」

「えっ、ほんとですか！　わあ、博士さま！　ありがとうございます！」

歓声をあげた瑠璃にあらためて頷いてやり、博士は洋服を着てちゃんと徒歩の瑠璃と並んでマンションを出た。

「そういえば、博士さま？　くりすます、ってなんなんですか？」

「クリスマス？　ああ、キリスト教っていう宗教のお祭りだ。……日本じゃ恋人同士がデートをする日でしかないけどな」

「恋人……いちばん好きで、大切な人のことですね？　陽子さまに教わりました」

「まあ、そういうことになるかな」

頷きながら傍らを見る。洋服に着替えてしまうと、瑠璃はそのへんにいる普通の女の子とちがうところがあるようには見えない。

雪女——人間じゃないということに、どれほどの意味があるのか。

「瑠璃。ちょっとついて来い」

「はい？　どちらへ？」

「神社だ」

目をぱちくりさせる瑠璃の袖《そで》を引っ張るようにして、博士は街外れ——隣町との間にある山裾《やますそ》の神社へと向かった。

「退魔師！　おおい！　話がある！　出てきてくれ！」

先日の女が巫女さんのかっこうをしていたというだけで神社にいるんじゃないかと見当をつけたのはあてずっぽうだった。だが、しんとした夜中の境内で大声をあげると、いくらかの間があってすいと白と赤の巫女服の女が姿を見せた。わずかに、瑠璃が身をすくめて博士の背後に体を隠すようにする。

「なあ——見てくれよ」

無表情にこちらを見つめる女に、博士は訴えかける。

「ただの女の子だろ？　普通の人間と、どこがちがうんだ？　嬉しいことがあれば笑うし悲しければ泣くし、……人間とどこも変わらないんだよ、瑠璃は！　何も悪いことなんかしてないだろう。化け物なんかじゃない——瑠璃は、おれの家族なんだ！　殺すとか容赦しないとか、そういうこと考えるのはやめてくれ。頼む」

「…………」

わずかに眉を寄せて、女はじっと博士を、そして視線を少しだけ動かして瑠璃を見た。

「あ……あの、わたしからも、お願いします。わたし悪いことなんかしませんから」

ごくん、と唾《つば》を飲んで、おずおずと瑠璃が頭を下げた。女はかるく首を傾げる。

「様子を……見ましょう」

ごくちいさな、ほとんど聞き取れないほどの声だったが、確かに、そう聞こえた。

「ほんとか！」

「ありがとうございます！　がんばります、わたし！」

よくわからない礼を云った瑠璃に、女はちらりと、ほんとうにかすかに、笑った。

「ここには、近寄らないように。退魔師は、私一人ではない」

「ありがとう――あの、名前、教えてくれないか」

彼らに背を向けた女を呼び止めると、短い視線がふり返る。

「……綾霞《あやか》」

「綾霞さんだね。ほんとに、ありがとう――」

あらためて頭を下げると、綾霞はちいさくかぶりを振った。

「行きなさい。ここにいると見つかります」

「…………ああ。じゃあ」

頷き、瑠璃を促して博士は神社をあとにした。瑠璃にちいさく笑いかける。

「よかったな」

「はい！　ありがとうございます、博士さま。あの……じゃあ、わたし、今日は朝までお散歩しててもいいでしょうか」

「え？　朝まで？　……つき合えないぞおれは」

「あ、もちろんです。いいです。一人で」

瑠璃ははにかんだように笑った。きっと一人で考えたいことでもあるのだろう、と理解して、博士は頷く。

「じゃあ、おれは先に帰ってるぞ」

「はい。おやすみなさいです、博士さま」

ぺこっとおじぎをした瑠璃とそこで別れて、博士はマンションへと戻った。

部屋の前にうずくまっていた人影があった。

「………あれ？」

「あ！　センパイ！　よかったぁ、帰ってきてくれて！」

博士の足音にほっとしたように立ち上がったのは、恵だった。あの日——恵の父親とホテルの前ではち合わせしてしまった日以来、姿を見ていなかったが。

「どうしたの、こんな遅くに」

「センパイにお話ししたいことがあって待ってたんです。……お邪魔していいですか」

博士を見つめる恵の瞳には、なにか決意のようなものが宿っていた。博士は頷く。

「どうぞ。散らかってるけど」

ドアをあけてやると、恵はぺこっと一礼して部屋に入った。こたつで向かい合うと、恵は一つ、大きく息を吸う。

「……あたし、あれから考えてたんです。センパイに云われたこと」

人の帰ってきた気配に、タマがどこかからか出て来て恵に体をすり寄せた。ちいさく笑ってタマの頭を撫《な》で、恵は博士に視線を戻す。

「たしかにあたし、占いにふり回されてました。でも……やっぱりあたし、センパイが好きです。ううん……あらためて、センパイが好きになりました。占いの結果じゃなくて、自分の意志で誰が好きなのか考えなきゃだめだよ、って云ってくれたセンパイが」

大きな目がまっすぐに博士を見つめた。

「あたしね、センパイ。お引っ越し、しなくちゃいけなくなっちゃったんです」

「え——引っ越し？」

「はい。お父さんが、北海道に転勤になるんですって。……この間の日は、送別会だったみたいなんです」

「いつ……引っ越すの」

「三学期からは、向こうの学校にいくことになりました」

「……そう」

「だから……センパイ」

恵は背中をのばして、大きく息を吸い込んだ。

「あたしに、……思い出をくれませんか」

息を吐き出す勢いに乗せるように云った恵の瞳には、涙が浮かんでいた。

「ん、っ……………」

腕に抱きしめた恵の体が細かく震えていた。ふさいだ唇も震えていた。舌をさし入れるとぎこちなく、恵の舌がこたえてくる。

「……はぁ…………」

唇を離すと恵が湿った吐息をもらした。寄り添わせた素肌が熱を帯びている。あまり大きくはない胸のふくらみに手を添えるとほっそりした体がぴくん、と震える。

「セン、パイ……んっ…………」

やんわりと刺激すると恵が眉を寄せてしがみついてくる。

「痛い？」

「いいえ……大丈夫です。あ、あたし……胸ちっちゃい、から…………恥ずかしい」

「かわいいよ。恥ずかしがることなんかないさ」

体の位置をずらして、ぽっちりとした乳首にちゅっと音をたててキスをする。

「はぅん……っ！」

大きく体を震わせて、恵は頭をのけぞらせた。なだらかなふくらみを手のひらにおさめてゆっくりとこねながら舌先で左右の突起を交互につつき、くすぐるようにすると徐々にそこはかたくなり、勃《た》ち上がってくる。

「ほら、感じてきてる。大きさなんか関係ないよ」

「んっ……あ、セン……パ、イ……なんか、くすぐった……あっ」

はじめての感覚なのか、恵は戸惑ったような不確かな声をもらしてもじもじと体をよじる。片手を胸からすべらせてわき腹を撫で下ろし、そしてまだあわい繁《しげ》みを指先で柔らかく撫でると恵の体が緊張した。

「脚……力抜いて」

「は、……はい……」

かなり力の入った腿《もも》をさすってやるとわずかに恵が脚を開いた。指が入るかどうかのすき間から、恵の内腿を撫でてほぐしてやりながらつけ根へとたどっていく。

「……！　ひッ――」

博士の指がそこに触れると、恵はひきつれた悲鳴をこぼした。指に触れた柔肉はぴったりと襞を閉ざしていて、どうやらほとんど濡《ぬ》れていない。

恵ははじめてのようだから、胸を愛撫《あいぶ》されて多少感じてきてはいても緊張のほうが先にたって愛液が分泌されるまでにはいたらないのだろうか。

「いた……っ」

「あ——ごめん」

肉襞の合わせ目を指先でかるく撫でてみると恵がちいさな悲鳴をあげて、博士は慌てて手をひっこめる。だが逆に、恵は博士の背にしがみついてきた。

「セ、センパイ……あ、あの——……あたし、いいですから。き、気にしないで」

「そういうわけにいかないよ」

そうでなくても、きっと痛い思いをさせるのだ。思い出が痛いばかりだった、では恵がかわいそうだ。博士は身を起こし、両手で恵の膝を曲げて立てさせた。そしてそっと左右に押し広げ、その間に身をかがめる。

「え——？　センパイ……あっ、だ、だめっっ……！」

たっぷりと唾液《だえき》を乗せた舌先でもう一度、襞の合わせ目をさぐる。やはり指よりはあたりが柔らかいらしく、恵は痛がる様子はなかったが、身をよじって逃げようとした。

「だ、だめ！　センパイ、汚いですっ！　あ——ひン！　や、なに、あ——っ！」

びくん、と恵の腰が跳ねた。博士の舌が、粘膜の内側へともぐりこんだのだ。

「んっ——！　あ、だ、だめ、いや……くふぅっ！　せ、センパイ……あっあっ、いや、だめ……あ、あたし、それ——なんかヘン、やですぅっ……！」

「感じてるんだよ、恵ちゃん」

舌先に、自分の唾液とはちがう粘液の味が広がっていくのを感じた。もっとも敏感な場所を愛撫されて、恵の体の奥からじわりとねっとりしたものが流れ出てきたのだ。

「濡れてきた。気持ちいい？」

「あ、ひ……わ、わかんないです……あっあっあっ――……だ、だめ、いや、ヘンに、なりそ……あっ、センパイ、だめ、そこだめぇ……っ！　あぁぁん……っ！」

はじめて感じる強烈な刺激に混乱しているのか、恵は無意識に強く体をひねって愛撫からのがれようとする。呼吸は乱れ、かなり感じているようだが、戸惑いのほうが強いのか慣れていないからか、なかなかイケないようだ。

「センパイ……お願い、あ、たしの…………あたしの中、に……」

全身で喘《あえ》ぎながら、恵は涙声でそう呟いた。博士は頷いて顔をあげ、あらためて恵の上に覆いかぶさる。恵の初々しい乱れぶりに博士のそこもすでに準備は整っている。

恵自身の愛液と博士の唾液で、そこはたっぷりと潤っている。しかし慎重に場所を定めて挿入しようとすると、強い抵抗が博士の行く手を阻んだ。

「あぐ……っ！　い、いた…………センパ……あうぅ……っ！」

顔をしかめて、恵が身をよじる。

「でもやめないで……あ、あたし……あたし、我慢、しますから……うぐっ！」

「わかった――ちょっとだけ、我慢して」

短く囁《ささや》いて、博士は恵の腰に手を添えて固定した。恵の腰を引き寄せると同時にぐいと

腰を突き出して、ひと息に根元まで挿入する。ぶつり、と恵の処女膜が裂けたのがはっきりとわかって、恵が長い悲鳴をあげた。

「ごめん――大丈夫？」

「は、……入り、ました？」

「うん。一つになってるよ、おれたち」

歯を食いしばって苦痛をこらえながらもそれを訊ねてきた恵に頷いてやると、じわりと恵の目尻にひとつぶ、涙が浮かんだ。

「うれ、しい……。センパイ、……気持ち、いいですか……」

「気持ちいいよ。すごく。狭くて、締めつけてくる」

恵はあまり発達した体格をしていなかったから、そこもまだ完全には発育しきっていないのだろう。処女膜をやぶられた痛みのせいもあるのか、博士を食いちぎらんばかりにからみついてしめつけてくる肉襞に、痛みさえおぼえるほどだ。

「動くよ……いい？」

「いいです……動いて。センパイ気持ちよくなって……うっ、く………」

苦痛の呻《うめ》きを懸命にこらえる恵がいじらしくて、腰のあたりに熱い射精感がこみあげてきた。本能の命じるままに腰を使う。おそらく――恵を気遣って半端に動いているよりもそのほうが早く恵を解放してやれるはずだ。

「あ、……恵ちゃん…………気持ちぃいよ」

「センパイ……センパイ、センパイ……あ、あっ……き、気持ちいい？　あたし、だ、大丈夫な日、ですか、ら……あたしの中で……気持ちよくなってください……っ」

ぐうっ、と快感の波がせりあがってきて、博士は両腕で強く恵を抱きしめ、そして恵に誘われるまま、恵の体の奥へと白濁した迸《ほとばし》りを放出した。


夜になるころには雪が降るだろう、と天気予報が告げていた。今年はホワイトクリスマスになるでしょう、と。

テレビを見ていた瑠璃がふり返って、呼んだ。

「博士さま？」

「ん。なんだ」

「今日が、くりすますなんですよね？」

「ああ――まあな」

「博士さまは、どなたと一緒に過ごされるのですか？」

ストレートな質問に、博士は目をそらした。

それを、この数日ずっと、博士は考え続けていたのだ。

自分はいったい誰と――クリスマスを過ごしたいのだろうか、と。

いろいろな行きがかりで、何人かの女性と体を交わしはした。だが香織は教師で、博士は拒絶されてしまったし、雪那も酒の上での一度だけのあやまちだと思っているだろう。恵は――もう北海道へいってしまったらしいが、互いに納得したとおり、思い出だ。

そして何よりも、彼女たちの顔は、男の身勝手は百も承知だが、強いて思い浮かべなければ浮かんでは来なかった。

クリスマスをともに過ごす、いちばん大切な相手――そう思った時に浮かんでくる顔はたった一つだった。

細い、柔らかな、心地のいい声で、あの夜子守り歌を歌ってくれた――不可解でやっかいなお荷物だと思っていたはずなのに、いつの間にかこの部屋にいなくてはならない存在になってしまった――金髪に青い目をした、かなり抜けたところもある、だが愛らしい雪女の顔しか。思い浮かばない。

「おまえは？　瑠璃」

「えっ？」

見やると、瑠璃は慌てたように視線をそらした。

「わ、わたしは、その、でも……あの」

「デートしようか」

「…………ええっ？」

びくん、と、半ば飛び上がるように、瑠璃がまじまじとこちらを見た。

「おれは……おまえと過ごしたいんだけど、クリスマス。いやか」

くり返すと、呆然《ぼうぜん》と見開かれた瞳にぱあっと喜色が広がっていった。

「……はい！　わたしも、博士さまとでーとがしたいです！」

輝くような笑みにいくらか照れて、博士は笑った。

「着替えて来いよ。出かけよう」

「はいっっ！」


イルミネーションに飾られた街には、クリスマスソングが流れ、そしてそこここでぴったりと寄り添い合う恋人たちでいっぱいだった。

「きれいですねえ、博士さま」

「アイスクリーム買ってやろうか」

「はい！　食べたいです！」

元気よく頷いた瑠璃にちょっと苦笑しながらアイスクリームショップに入ってアイスを買った。二人で並んで歩きながら、食べる。

ふと、瑠璃がわずかに表情を曇らせた。視線を伏せて、うつむく。

「どうした」

歩みの遅くなった瑠璃に気づいて足をとめ、ふり返ると瑠璃ははっとしたように博士を見た。ふるっと首を振る。

「いえ。なんでも、ないです……」

「なんだよ。云ってみろ」

なんでもない、と云いながらまた目を伏せた瑠璃を促す。ちら、と瑠璃は博士の表情をさぐるように見上げた。

「……博士さまと、手をつなぎたいな、って………」

「あ――」

素早く、ちょうど傍らを通りすぎていった恋人たちの姿に瑠璃が視線を投げて、博士も目をそらした。瑠璃には――博士は触れられないのだ。瑠璃にやけどをさせてしまうし、博士のほうは凍傷になってしまう。

「あ、あの――気にしないでください！　いいんです、わかって……ますから」

「瑠璃」

「……え？」

深くうつむいた瑠璃に、博士は腕をさし出した。きょとん、と瑠璃がまばたきをして博

士を見る。

「手はつなげないけど——腕ぐらいは組めるだろ」

「…………はい」

ぽっ、と瑠璃は頬《ほお》を赤らめて、頷いた。そっと、博士の腕に指をかける。コートの上からだから冷たさは感じなかったし、瑠璃も熱くはないようだ。

「嬉しいです、わたし」

「おれも」

ちいさな呟きに頷きを返すと瑠璃がさっきとはちがう表情でうつむいて、やはりこっくりと頷いた。

しばらく黙ったまま、そうして歩いた。と、頬にひやっとするものが触れる。

「あれ……」

「あ！　博士さま、雪です！」

天気予報が云っていたとおりだった。ひら、ひら、とちいさな白い雪片がクリスマスのイルミネーションを反射しながら舞い降りてくる。

「雪ですよ、博士さま！　きれいですね！」

博士の腕を離して瑠璃は数歩駆け出し、両腕を広げてくるりと回った。

雪よりも、瑠璃のほうがきれいだ、と——思ったがさすがに照れて云えなかった。

第五章　こるり

「あ、博士さま、あれ！」

ふいに瑠璃が足をとめて指をさした。

「あれ、きれいです！」

首を傾げて瑠璃の指さしたほうを見ると、そこには色とりどりの花が入れられたバケツがあった。ほかにも似たようなバケツや、一種類の花だけが入ったバケツや、鉢植えなども並んでいる。つまりは、花屋だ。

「ね、きれいですよね？」

瑠璃がにっこりする。身をかがめて、花の匂《にお》いをかぐように顔を寄せた。

「いらっしゃいませ」

店の中からエプロンをつけたおねえさんが出てきてにっこりと笑った。

「どちらになさいますか？　贈り物ですか？　それともご自宅用で？」

目が泳いだ。博士は、あんまりそういう風流はわからないのだ。

「おい、瑠璃。どれがいいんだ」

「え？　あ、いえ、いいです、わたし——」

花を選べと促すと、瑠璃は慌てたようにかぶりを振った。

「たんに、きれいだな、って思っただけですから」

「………そこのバケツのを適当にください」

「はい、ありがとうございます。ご自宅用ですね？」

瑠璃がきれいだと云った取り合わせのものを白い紙に包んでもらう。どうやら特価品だったらしくてあまり高くはなかった。

「博士さま……すみません。ほんとによかったのに」

「いいって。うちに飾っとけばきれいなものが見られるだろ？」

「はい。……ありがとうございます」

まだちょっと遠慮する様子を見せて、それから瑠璃はにっこりして頭を下げた。

「うれしいです」

「そっか」

花を買いに出たわけではなかったのだが、なにか目的があったわけでもなかった。たんに散歩に出ただけだったから、花をかかえていったん家へ帰る。

「あ――でも、うち花ビンなんかあったかな」

花を買ってから気がつくのも間抜けだが、もともと父一人子一人の家に花を飾る習慣なんかあるはずもなかった。だから当然、花ビンなどありはしない。

いや――。

「あるじゃないか、うってつけのモノが！」

我ながら自分の記憶力のよさににんまりしながら、博士は押し入れをあけて奥をごそごそとさぐる。

「ほら、瑠璃！　懐かしいだろう！」

「あ――それは」

博士の取り出したものを見て、瑠璃が目を丸くした。

それはひと月ちょっと前、引っ越してきたその日にこの部屋の床下から出てきた――つまり瑠璃が封印されていた壺《つぼ》だった。お札が破れていて、多少埃《ほこり》がこびりついて汚れているが、なんといっても壺だ。洗ってやればじゅうぶんに花ビンの代用はきくだろう。

「ちょっと待ってろな」

お札の残りをはがして捨て、博士は壺を抱えて風呂場へ行った。シャワーを引き寄せて壺の表面を洗い、そして中にも水を入れてゆす……ごうとした。

ぶわっしゃぁーーーーんっっ！

「たわけものーーーーーっっっ！」

派手な水音とともに甲高い叫び声が響き渡った。

呆然《ぼうぜん》と、博士は風呂場の床に尻もちをついたままあんぐりと口をあけていた。

壺から逆流して噴き出した水とともに壺から飛び出してきた、瑠璃のそれによく似ているが膝丈《ひざたけ》の白い着物を着た、黒髪の少女がむっとしたように博士を睨《にら》みつける。

「なんじゃ、おぬしは」

「な……なっ、なんじゃ、って……そ、それはおれのセリフだ！　なんだおまえ！」

「わしか？」

少女はちいさな唇をつんと尖《とが》らせて、ひどく尊大な様子で腕組みをする。

「わしは瑠璃じゃ」

「瑠璃ぃっ？」

「はい？　お呼びですか？　博士さま。今なにか大きな音がしましたけど……ええっ？」

「瑠璃！」

博士の叫び声に風呂場をのぞき込んだ瑠璃が息をのんで立ち尽くし、少女はぱっと笑顔になって瑠璃に駆け寄っていった。ぎゅっ、と瑠璃の腰のあたりにしがみつく。

「会いたかったぞ、瑠璃！」

「え？　え？　え？」

瑠璃はまるで事態が把握できていないらしく、ぽかんとしてきょろきょろとあたりを見回している。

「ど、どうなっているんですか？　博士さま？」

「知らん」

事態を把握していないといえば博士も似たようなものだ。タオルを引き寄せてびしょぬれになった頭を拭き、壺をあごでさす。

「水を入れたら壺の中から出てきたんだ。——なんなんだ？　そいつ。おまえの妹か？」

「え？　妹？　わたしの？」

「おまえと同じ壺に入ってたんだからおまえの関係者だろ？」

「で、でも……」

瑠璃はまだ混乱しているらしかった。まだ自分に抱きついてすりすりと頭をこすりつけている少女を見下ろす。少女が瑠璃を見上げて、にっこり笑った。

「ええと……あなた、どなた？」

「瑠璃」

「え？　あの、それはわたしなんですけど」

「あたしも瑠璃だよ」

「同じ名前なんですか？　あなた、わたしの妹？」

瑠璃の言葉に、自分も瑠璃だと名乗った少女は一瞬だけ、微妙に眉《まゆ》を寄せた。だがすぐにいっそうにっこりと笑う。

「そう！　瑠璃おねえちゃん、会いたかった！」

ぎゅうっ。

（なんか…………演技くさいな）

少女の態度には、何か不自然なものがあった。だが瑠璃は記憶を失っているから、妹だという少女の言葉が事実なのか嘘《うそ》なのかを確かめる方法はない。

だが、なんにせよ同じ壺から出てきたのだし、この少女は瑠璃の過去を知っているか、瑠璃の記憶を取り戻す手がかりを持っているのではないだろうか。

「ねえ、おねえちゃん。あのひと、誰？」

少女が瑠璃を見上げて首を傾げる。呆然としたように少女を見ていた瑠璃がはっとまばたきをする。

「あ、あの……ええと、博士さまです。わたし、今博士さまにお世話になってるんです」

「へえ。じゃあ、あたしもよろしくね、博士おにいちゃん！」

くるっと博士のほうをふり返って、少女はにやっと笑った。

「なっ……なんでそうなるんだっ！」

勝ち誇ったような笑みに、反射的に博士は声のトーンをあげた。ふふん、とでも云いたげに少女が笑う。

「だって、あたし行くとこないんだもん。いいよね？　瑠璃おねえちゃんっ」

「え、ええと、あの…………」

困り果てたように瑠璃が視線で助けを求めてくる。博士はため息をついた。

なにがなんだかよくわからないが、これも行きがかりというやつだろうか。

「まあ、しょうがないだろうな。しばらく置いてやるよ、こるり」

「こ……こるりっ？」

少女の眉がはねあがった。博士は腕を組んで、大きく頷《うなず》く。

「どっちも『瑠璃』じゃ区別がつかないだろう。おまえのほうがあとから来たんだし、ちっこいんだからこるりだ。文句あるか」

「……っ！」

「まあ、かわいい名前ですね」

いっそう眉をつり上げて少女が何かを云おうとした時、瑠璃が手を叩《たた》いた。と、ころっと少女の表情が変わる。

「うん！　おねえちゃんがそう云うならいいよ、あたし、こるりでも」

（……なんだ？　こいつ）

明らかに、この少女は瑠璃に向ける表情と博士に対する態度を使い分けている。

「よろしくね、瑠璃おねえちゃん」

「はい。よろしくです、こるりちゃん」

こるりににっこり笑いかけられて、まだ困惑した様子のまま、瑠璃も頭を下げた。

「ええと…………博士さま、わたしちょっとお散歩に」

「ああ、いいぞ。行って来い」

瑠璃は博士と散歩に行くのも好きだったが、考え事をしたい時にも散歩に行くらしい、と博士は理解するようになっていた。気をつけてな、と声をかけると、瑠璃はぺこっと頭を下げてどこかふらついたような足取りで部屋を出ていった。いきなり自分とよく似たかっこうをしたこるりがあらわれて妹だと名乗ったから、混乱しているのだ。

「……ふむ。何も覚えておらぬようじゃな」

ちいさく息をついて、こるりが呟《つぶや》いた。じろりと博士はこるりを見る。

「おい、こるり。おまえ、何者だ」

「おい？　おまえ、じゃと？」

再び眉をはね上げてこるりは博士を睨みつけてきた。

「おぬしにそのように気安く呼ばれる覚えなどない！　それに、なんじゃ、そのこるりというのは。あまりの安直さにわしは呆《あき》れてものも云えぬわ！　最低の言語感覚じゃな」

歯切れのいい罵声《ばせい》がぽんぽんと飛び出してくる。

「どこの馬の骨やら知らぬが、下僕として召し使ってやるゆえありがたく思え」

「げ……下僕だぁっ？」

思わず声がひっくり返った。

「なんでおれが！」

「それがおぬしには似合いじゃ。わしに声をかけてもらえるだけでありがたいと思うがよいわ。……それにしても散らかった部屋じゃな。まるでゴミためではないか」

「おいっ、……こら！　勝手にそのへんのものにさわるなっ」

「うるさいぞ」

ふり返ったこるりがじろりと睨む。

「考えごとの邪魔じゃ。どこぞで控えておれ」

「〜〜〜〜〜〜〜〜〜〜っっっ！」

こるりは博士の云うことなどまるっきり意に介していない。いかにも自分が部屋の主だと云いたげな態度に思いっきりむかっときた。

「出てけっ」

「そうはゆかぬ。わしは瑠璃のおるところにおらねばならぬのじゃ。わしを追い出すなら瑠璃も放り出すがよい。できるのか？　おぬしに」

「うっ……」

痛いところをつかれて、博士はたじろぐ。ふふん、とまたこるりが笑った。

「できまい？　惚《ほ》れた弱みじゃのう」

「うぐぐぐっっ……ちくしょうっっ！」

捨てぜりふを吐いて、博士は部屋を飛び出した。

第五章　こるり

情けない——あんな小娘に云いこめられるなんて。どすどすと怒りに任せて街を歩き回り、ふと気づくと博士は公園に来ていた。

(瑠璃……いるかな)

例の木のところへいってみたが、瑠璃の姿はなかった。もっとも今は昼間だし、あれ以来瑠璃もなるべく木のてっぺんにはあがらないようにしているらしい。

「あら——……博士クンじゃない」

それでも瑠璃がどこかにいるのではないかとうろついていると、声をかけられた。見ると砂場の傍らのベンチに雪那が座って、手を振っている。そういえば、今日は休日だ。

「どうも。あの……お久しぶりです」

「ほんとにそうね。……瑠璃さん、元気?」

招かれるまま、雪那の隣に腰をおろした。砂場のまん中に真名がしゃがみこんで砂遊びをしているのが見えた。

「真名ちゃんと散歩ですか」

「そう。お休みの日ぐらい、つき合ってやらないとね」

ふと気になって、雪那の横顔を見た。

「あの……真名ちゃんの、お父さん……は?」

休日なのだから、夫婦で来ていてもおかしくはないはずだ。いや——そういえば夜が寂しいと雪那は云っていた、と口にしてしまってから思い出して、しまった、と思う。

「いないわ」

あっさりとした口調で、雪那はこたえた。博士は視線をそらして、うつむく。

「すいません……立ち入ったこと」

「別にいいわよ。…………私たち雪女にはね、掟《おきて》があるの」

「掟？」

「そう。――人間以外のものと交わって子を作ってはいけない、って」

まばたきをして、思わず雪那の顔を見ていた。雪那は冬のよく晴れた空に視線を向けている。大きく、息をついた。

「伝説があるの。昔――掟をやぶって鬼と愛し合ってしまった雪女がいたんですって。鬼は心から雪女を愛している、と云ったそうよ。二人の間には子供ができたんだけど、……その子、どうなったと思う？」

「え……？　さあ……どうなったんですか」

なぜ急に雪那がそんなことを云い出したのか、それも理解できずに博士は首を傾げた。

空を見あげたまま、雪那はくすっと笑う。

「鬼が食べてしまったんですって」

「食べ……！」

「自分の子なのに。鬼には、ごちそうだったんですって。その雪女は掟をやぶって里から追放されて、子供を殺されて、愛した男に捨てられてしまったの。……ばかみたい」

「……雪那さん？」

「でも、……女って、ばかなものなのかもしれないわ」

博士のほうを見ないまま、雪那は独り言のように呟いた。

「あたしも、同じ……だまされたの、あの男に。…………真名！」

雪那に呼ばれて、真名が顔をあげる。博士に気づいてぱっと笑顔になり、とことこと駆け寄って来る。

「おにいちゃんだ！」

「久しぶりだね、真名ちゃん」

「ああ、真名。砂だらけになっちゃってるじゃない」

真名の手や膝から砂を払って、雪那はふっと笑みを浮かべた。

「でも、いいの——あたしには真名がいるから。伝説の雪女のように子供を殺されたりはしなかった。それだけで、幸せよ。……さて、そろそろ帰ろうか？　真名。おかたづけ、してちょうだい」

「うん」

それ以上雪那は何も云わず、博士もそれ以上は訊《き》かなかった。

こしょこしょ、と何かが肩のあたりをくすぐった。

「ん？　なんだ？」

「うにゃにゃにゃっっ！」

「どあっ？　うぎゃぁぁっっ！」

鋭い鳴き声とともに、タマが腰から背中を肩口へ向かって思いっきり爪《つめ》をたてながら駆け抜けていって、博士は思わず悲鳴をあげた。

「あはははははははは！」

じつに愉快そうな笑い声が響いた。

「こーーーるーーーりーーーーーーっっっ！」

タマの爪が食い込んだあとをさすりながら睨みつけると、こるりはいっそう楽しげに笑い転げる。

「おぬしが鈍いのじゃ。それっ」

菜箸《さいばし》だったらしい棒の先端にくくりつけたひもの端を博士のほうへひょいと投げた。にゃっ！と声をもらしてタマがそれを追い、さくっと膝に爪を食い込まされて博士は再び悲鳴をあげた。

「やめんかっっ!」

「にゃあぁーーーーーっっ!」

「どうなさったんですか?」

タマをむしりとってこるりに投げつけた瞬間、風呂に入っていた瑠璃が戻ってきて目を丸くした。

「あっ、おねえちゃんっ! 博士おにいちゃんがあたしにタマを投げつけるのーーーっ」

ころっと態度をひっくり返したこるりがタマを抱きしめたまま瑠璃のところへ駆け寄っていく。

「ひどいんだよ。あたしのこといじめるんだよ」

「あらあら」

くすっ、と笑って瑠璃はうそ泣きをするこるりの頭を撫《な》でる。

こるりが突如としてあらわれて数日が過ぎた。相変わらず博士と瑠璃の前できれーに態度を変えるところは気に食わないが、ナニが悪いのかどうしても博士はこるりにいつもやりこめられてしまって勝てないでいる。今のひと幕だって、瑠璃が見たのはほんとうに博士がタマを投げつけた瞬間だったから、弁解の余地はない。

「でもね、こるりちゃん?」

当初の混乱からだいぶ立ち直って瑠璃は姉ぶりが板についてきた。

「あんまりおいたがすぎるからですよ？　博士さまは優しいかただけど、あんまり調子に乗っちゃいけません。いいですね？」

「え――……」

きょとん、とこるりが目を見開いた。くすくすっ、と瑠璃が笑う。

「おい、瑠璃？」

「はい？」

「おまえ、もしかして……知ってたのか？　こるりが猫かぶってるの」

尋ねると、瑠璃のくすくす笑いが大きくなった。

「わし、って云ってもいいのよ？　こるりちゃん」

こるりの顔が真っ赤になっていった。

「わーはははははははははは！」

「うっ……うるさいっっ！」

「恥ずかしいぞ、こるりっ！」

「わ、笑うなっっ！」

顔ばかりか耳まで真っ赤にして、こるりは地団駄を踏む。

「まあまあ、博士さま」

にこにこ笑いながら、瑠璃がとりなしに入った。

「そんなに笑わないであげてください？　きっところるりちゃんはわたしと博士さまがあんまり仲がいいからやきもちを焼いていたんですよ。ねっ？」

唇を尖らせて、ふいっところるりがそっぽを向いた。足元にすり寄ってきたタマを抱き上げて頭を撫でる。

「……あれ？　こるり、おまえ…………」

きょとんとふり返ったこるりを、博士はまじまじと見つめた。

「おまえも、……雪女だよな？」

「そうじゃが？」

「瑠璃に頭撫でられてたよな？　なんでタマが抱けるんだ？」

こるりは幾度かまばたきをした。

「……気にしておらなんだが、もしかして瑠璃は体温調節ができぬのか？」

頷くと、こるりは険《けわ》しく眉を寄せた。

「…………うっ……」

「！　瑠璃っ？」

苦しげな呻《うめ》き声が聞こえて、はっところるりが声をあげた。ふり返って、博士は愕然《がくぜん》と目を見開いた。

瑠璃は床に膝をついていた。苦しげに胸元をおさえ、呆然と大きく見開かれた瞳——そ

の一方が。

真紅の色をしていた。

「る……瑠璃？」

瑠璃の肌に触れないように気をつけて、瑠璃の肩をつかむ。

「………あ」

はっとしたように瑠璃が顔をあげた。博士を見上げた瞳は左右どちらも、すでに見慣れてしまった瑠璃の青い瞳だ。

「どうした。大丈夫か」

「は、はい………」

瑠璃はどこかうつろな声で頷き、そしてふらりと立ち上がった。その体が揺れる。

「おい！」

よろめき、また床に崩れ落ちた瑠璃を抱き起こすと、瑠璃は浅く喘《あえ》いで頭を振った。

「だ、大丈夫……です、博士さま。わ、わたし……ちょっと、やすませてもらいますね」

這《は》うようにして押し入れへいき、自分の寝床へもぐりこんでいく瑠璃を、博士は眉を寄せて見つめる。

「………まずいな……」

ひくく、こるりが呟いた。

第六章　不安

年が明けて、正月がやってきた。

正月、といってもとくになにか特別なことをするでもない。こたつに入ってみかんを食って、テレビを見るくらいのものだ。毎年、正月はそんな感じだ。

だが、今年は——瑠璃がいる。

「すごい！　すごいです博士さま！　ほら！」

毎年この時期しか仕事がないように思えるおめでとうございますの芸人が傘の上で重箱をくるくる回しているのを見て、瑠璃は目をまん丸くして感激している。こちらは毎年見ているものだからさして珍しくも思えないのだが、瑠璃には驚異の芸に見えるらしい。

だけど——毎年変わりばえのしない正月番組でも、こうやって瑠璃と見るのは、すこしいつもとちがう。瑠璃がどんなものにもびっくりしたり大げさに感動したりするから、というわけではなくて、瑠璃と一緒に正月番組を見ているということが嬉しいのだ。

いつの間にか、ほんとうに、瑠璃は博士にとってはなくてはならない存在になってしまっている。

誰かと一緒に、こうやって正月を過ごすことがあるとは、思っていなかった。去年は父親がまだ生きてはいたが、父親は忙しい人だったから正月も元旦から挨拶《あいさつ》回りだの新年会だの接待だのと出歩いていて、一緒にテレビなど見たことはなかった。そういうものだと博士はずっと思っていたし、それを不満に思ったことも寂しいと思ったこともない。

だが、こうしていると、誰かとのんびり家で過ごす正月――家族とともに過ごす正月というのは案外といいものだな、と思う。

そう――家族だ。

いつだったか、綾霞という名前らしいあの退魔師に云ったように、瑠璃もこるりも、もうすでに博士にとってはいなくてはならない、家族なのだ。

博士がこのマンションに引っ越してきてからふた月ばかりになる。つまり、瑠璃が突如として床下に転がっていた壺《つぼ》から飛び出してきて、半ばむりやりにこの部屋に住みついてしまってから、ふた月。こるりにいたっては壺から出てきたのはクリスマスのあとだから、まだ一週間ぐらいしか経《た》っていない。

それでも、瑠璃もこるりも、そしてやはりこれも陽子に半ば押しつけられるようにして飼うようになったタマも、今の博士にとっては、大切な家族になっている。

家族――いや、それ以上だ。

瑠璃が壺から出てきて、面倒《めんどう》を見ろと陽子に命令された時には、ただのやっかいなお荷物だとしか思わなかったのに。こんなにも瑠璃を大切な存在だと感じるようになるとは思ってもいなかった。しかも瑠璃は雪女で、どうしてだか普通の雪女にはできる体温調節ができなくて、抱きしめることはおろかキスをすることも、手をつなぐことさえできないというのに。それでもいい、触れられなくても瑠璃と一緒にいたい、と博士は思っている。

ふと気がつくと瑠璃はテレビから目をそらしていた。何か考えこんでいるように唇を結んで、瞳を伏せた横顔がひどくさみしげで、博士は首を傾げる。

「——……瑠璃？　どうした」

「え……あ、いいえ」

博士の声に瑠璃ははっとしたように顔をあげ、急いでふるふると頭を振った。

「なんでもないです」

「？　なんだよ。云ってみろ」

「いえ。ほんとに、なんでもないですから」

ごまかし笑いを浮かべて瑠璃は再びかぶりを振る。

「なんか隠してるだろう、おまえ——」

そう云った時、玄関でチャイムが鳴った。

「あっ、博士さま！　誰かいらっしゃいましたよ！」

その音に救われたように瑠璃が話題を変えて、釈然としないまま、再び鳴ったチャイムにせかされるように博士は仕方なく立ち上がって玄関へ向かった。

来客は陽子だった。大きな包みと紙袋を持っていて、「あけましておめでとう」と云うと当然のような顔をして靴を脱ぐ。追い返そうと思ったが、包みの中身がおせち料理だと聞かされてはそうするわけにもいかなかった。

「あ、陽子さま！　あけましておめでとうございます」

「あけましておめでとう、瑠璃さん。おせち料理作ってきたのよ。熱くないものばっかりだから、瑠璃さんも食べられるでしょう」

「わあ、ありがとうございます！」

こるりはタマと遊んでくるといって部屋を出ていて、いなかった。おせちはたっぷりとあったからとりあえず三人でお重をこたつに並べてつつきながら雑談に花が咲いた。

「……あ、そうそう」

しばらくして、陽子がもう一つ持ってきた紙袋を引き寄せた。

「年末にね、お掃除してたら懐かしいもの見つけちゃったの。瑠璃さん見たいんじゃないかと思って持ってきたのよ」

「はい？　なんでしょう」

「うふふっ。ほら――」

「あーっ！」

陽子が取り出したものに見覚えがあって、博士は思わず大声をあげた。

「よ、陽子っ！　それは……っ！」

にんまりして、陽子は博士が静止するよりも早く、それを開いてしまった。

「ほら、瑠璃さん、見て見て、これ！」

「うわあ……！」

瑠璃が歓声をあげて目を輝かせた。

「この子、博士さまですか？　かわいいーーーっ」

がっくりと、博士は肩を落とした。子供のころのアルバム、というのは他人に、とくに幼なじみの手で好きな女の子に見せられると恥ずかしくてたまらないアイテムだ。かといって強引に取り上げたり隠そうとしてしまえば照れてるんだというのがわかってしまうからそれもまた困る。

「なんでそんなもん出してきたんだよ、陽子……」

げっそりして恨みがましく陽子を睨《にら》んだが、陽子はまるで意に介さない。

「出てきたのよ。偶然。……あ、ほら、瑠璃さん、これ。これねえ、博士が幼稚園の時の遠足の写真なんだけど」

「わあ……あ、こっちは陽子さまですね？」

「あ！　陽子、それは……！」

その時のことを思い出して慌ててやっぱりアルバムを奪い取ろうとしたが、すでに遅かった。

「ほら、これ！　博士ったらねえ、田んぼにはまって泥だらけになっちゃって！」

「わーーっ！　よせ！　人の恥ずかしい過去を暴くなっっ！」

「もう、大変だったのよ、びーびー泣いて大騒ぎして。あっ、それからこっちはね……」

「おれは出かけるっ！」

これ以上、目の前で過去を暴かれては憤死してしまう。陽子の説明に目を輝かせて頷《うなず》きながらアルバムに見入る瑠璃と陽子を残して、博士は部屋を飛び出した。

顔が熱い。正月だから季節は当然のように冬で、だいぶ気温も低かったが寒さはあまり感じなかった。

飛び出してはきたものの、正月はどこもかしこも店を閉めている。仕方なくうろうろとあちこちを歩き回って時間をつぶす。

ふと、瑠璃はどんな子供時代を過ごしたのだろう、と思った。瑠璃は記憶喪失だから、瑠璃から昔の話を聞くことはできないが。

金髪に青い瞳。今では街なかで外国人を見るのもそう珍しいことではないが、昔の日本ではさぞ目立ったことだろう。雪那も、こるりも、雪女ではあるが、髪は黒いから雪女としても瑠璃は浮いた存在だったのかもしれない。昔は南蛮人を鬼だと思っていた人たちなんかもいたはずで——。

（鬼？）

ふと、足がとまった。

たしか雪那が——鬼と恋をした雪女の伝説を話してくれた。生まれた子供は鬼に食われてしまった、と云っていたが、もしかしてその子供は瑠璃のように——いや、もしかしたら瑠璃本人が。

（まさかな）

苦笑して、博士はかぶりを振った。いくらなんでも、その発想は飛躍しすぎだ。

歩き回って、だいぶ冷えてきていた。もうそろそろアルバムも見終っているだろう。それでも、もしかしたらものすごく博士には恥ずかしい写真をちょうど二人が見てるところかもしれなかったから、マンションへ戻った博士はそうっと、音をたてないように玄関の戸をあけて、部屋に入った。足音を忍ばせて奥の部屋の様子をうかがう。

「……わたしね、瑠璃さん」

やけにしんみりとした陽子の声が聞こえた。

「はい？　なんでしょうか、陽子さま」

「わたしね……あなたが来てくれて、よかったな、って思ってるの」

そっとのぞきこむと、陽子と瑠璃はこたつで向かい合っていた。いくらかさみしそうな笑みを浮かべた陽子が瑠璃を見る。

「博士ね、去年……お父さんが亡くなってから、ぜんぜん、笑わなくなった。ばかなことやって騒いだりとかはしてたし、笑ってみせてたけど……ほんとうに心からは笑わなくなっちゃったの。あなたに会うまでは」

ぱちぱちと瑠璃がまばたきをする。陽子はふっと笑って、視線をそらした。

「わたしじゃ、だめだった。うるさがられながらいろいろ世話焼いてみたりしたけど。でも、あなたに会って、博士は変わったわ。やっと、またいい顔で笑うようになった。……ちょっと妬《や》けるけど。あなたの存在が博士の心の傷を癒《いや》して立ち直らせてくれたんだと思ってるわ。ありがとう――これからも、博士をお願いね」

「陽子さま……」

その言葉を聞いて、瑠璃は――なぜかひどく複雑そうな表情になった。困ったように視線をそらして、伏せる。

「そんな……わたしは、何もしてないです。博士さまにご迷惑ばかりかけてますし」

「博士はそう思ってないと思うわ」

「……だといいんですけれど」

そっと、博士はその場を離れ、静かに廊下を戻って、音をたてないように部屋の外に出た。大きく、深呼吸をする。

瑠璃の面倒を見てやれと云った時、陽子はそんなことを考えていたのか。いや――あるいはタマを博士に押しつけた時にも、タマの存在が博士の慰めになるのではと思っていたのかもしれない。

(陽子のやつ……)

わたしじゃだめだった、と呟《つぶや》いた時の、ひどくさみしそうな、諦《あきら》めの表情。

確かに陽子は幼なじみで、それこそお互いまだおねしょをしてたようなころから知ってるから博士にとっては陽子は恋愛対象にはなり得なかった。だが陽子のほうは、そうではなかったのだ。いや、それならそうと云ってくれれば博士のほうだって見方を変えることだってあったかもしれないが。

「…………何をしておるのじゃ？」

ドアの前で深呼吸をくり返していると、呆《あき》れたような声が聞こえた。

「さっきから見ておれば息を吸ったり吐いたり苦悩してみたり。変質者じゃな、まるで」

「……うるさいよ、おまえ。今入ろうと思ってたとこだったんだよ」

むっと唇を尖《とが》らせて、博士はタマを胸元に抱いて冷たい目で見上げてくるこるりにしかめっつらを返してドアノブに手をかけた。

「ただいまー」

「ただいまじゃ」

「おかえり、博士。あら、こるりちゃんも一緒？」

「そこで会った。……ん？　それはなんじゃ？　おせちか？　うまそうじゃな」

「おかえりなさい。おいしいですよ、陽子さまお手製のおせち」

瑠璃は笑顔で博士とこるりを迎えたが、博士にはその笑顔に微妙な曇りがあるように思えてならなかった。

なんだったのだろう——陽子に、博士を頼む、と云われた瞬間に瑠璃が浮かべた、ひどく悲しげな表情は。

その夜。

ぼそぼそとひくい囁《ささや》き声が聞こえて、博士は目をさました。

起き上がってあたりを見回すと、押し入れの戸があいていた。博士よりも先にやすむと押し入れに入っていったはずの瑠璃の姿がない。時計を見ると午前二時をすぎていた。さらに見ると、こるりの姿も見えない。

囁き声は、台所のほうから聞こえてきていた。音をたてないように博士はベッドから抜け出し、台所の気配をさぐる。

「……ほんとうにそれを望んでおるのか？　おまえは」

こるりの声が聞こえた。

「ええ」

瑠璃の頷きがそれに応《こた》える。

「こるりちゃんは、知っているのでしょう？」

「知らぬわけではないが……」

こるりがどこか苦そうな口調で口ごもった。

「お願い……こるりちゃん」

ちいさなため息が聞こえた。細くあいていた台所の戸のすきまから、博士はそっと中をのぞきこむ。

床に膝《ひざ》をついて座った瑠璃が、立ったままで見下ろすこるりを見上げていた。じっと見上げる瑠璃を見返すこるりはどこか途方に暮れているように思えた。

「……それがおまえの望みなら」

いくらかの沈黙のあとで、こるりは頷いた。

「だが、わしはおぬしの手助けしかしてやれぬ。それでよいな？」

こっくりと、瑠璃は頷いた。体の大きさとは逆に、瑠璃のほうが幼い少女のようだ。瑠璃の瞳をのぞきこんで、こるりはちいさく頷く。

こるりが身をかがめた。目を閉じた瑠璃の額に、ちゅっ、と音をたててキスをする。

ぴくん、と瑠璃は感電でもしたように体を震わせた。瞳をあけて、問うようにこるりを見上げる。無言で、こるりが頷いた。

「…………」

かるく唇を噛《か》むようにして、瑠璃は顔を伏せた。その瑠璃を、今度はこるりがじっと見つめる。

静かに、博士はその場を離れてベッドへ戻った。

なんの話をしていたのかはわからなかったが、瑠璃もこるりも、ひどく深刻そうな表情をしていた。

かたん、とちいさな音がして、台所の戸が開く。目を閉じて眠っているふりをしているとごそごそと瑠璃とこるりが布団にもぐりこむ音がして、そして静かになった。


「にゃにゃっ！　にゃっ！」

だだだだだだっ！

「あいたっ！」

背中をジャンプ台がわりに使われて、博士は悲鳴をあげた。

「どんくさいのう、相変わらず。ほれ、タマ、今度はこっちじゃ」

「にゃっ！」

「どあーっ！　来るなっ！　いてっっ！」

わめいてタマから逃げながら、ちらっ、と博士は瑠璃を見た。

こるりがひもを使ってタマを遊ばせていた。いつもならくすくす笑いながらそれを見守っている瑠璃はどこかあらぬほうをぼんやりと見つめている。ちいさく、ため息をついたのが見えた。

昨日、陽子と話をしてから、瑠璃は元気がなくなってしまった。沈んだ表情で、ずっと何かを考え込んでいるように見える。夜中にこるりにこっそり何か相談事をしていたようだったが、——博士には、何も云おうとはしない。

見ると、こるりも片手でひもを振ってタマを挑発しながら、視線を瑠璃に向けていた。博士の視線に気づいて、はっとしたようにひもを揺らす手に視線を固定する。

「ほれ、タマ、タマ！」

「にゃぁっ！」

タマだけがいつもどおり元気に、床のあちこちに散らばる障害物を避けて駆け回っていた。

「——……おい、瑠璃」

「え……はい？」

声をかけると瑠璃がはっとしたように顔をあげた。

「なんでしょうか、博士さま」

「おまえさ……なんか、したいことないのか」

「？　したいこと、ですか……？　いえ」

瑠璃は幾度かまばたきをして、そしてかぶりを振った。

「なんでもいいぞ。おまえ、そういうことぜんぜん云わないだろう」

考えてみれば、瑠璃はずっと博士の云うことには従っていた。姿を消していろと云えば消えていたし、宙を飛ぶなと云われても黙ってろと云われても外へ出るなと云っても、多少悲しそうな顔をしたりがっかりして見せはしたが最後には博士の云うことに頷いた。

この服で外に出るのがまずいなら洋服を買ってやればいいじゃないかと云ったのは陽子で、瑠璃はものすごく喜んでいた。だが自分から何かを博士にねだったことはない。せいぜいアイスクリームを買ってやったぐらいで、それにしたところで瑠璃から云い出したのではなく博士が云った。

「おまえだって、何かしたいとか、ほしいとか、あるんじゃないのか？　そりゃ全部は聞いてやれないけど、たまにはちょっとぐらいわがまま云っていいんだぞ」

「…………はい」

瑠璃はうつむいた。ちょっとの間もじもじして、それからちらりと博士を見る。

「なんだ。云えよ」

「あ、あの……わたし、海…………が見たいです」

「海？」

問い返すと、瑠璃はこっくりと頷いた。

「てれびのどらまで見て、わたし海って見たことなかったので、本物が見たいなあ、って……あ、あの、でも、ちょっとだけ、そう思っただけですから――」

「いいよ」

頷くと、瑠璃は大きく目を見開いた。

「冬の海ってのもそれなりに悪くないだろうな。いいよ——連れてってやる」

「ほ……ほんとですか！　ありがとうございますぅ！」

瑠璃は胸の前で手を強く組み合わせて、泣き出しそうな顔をした。

「着替えて来いよ」

「はい！　あ……こるりちゃんは？　一緒に行きません？」

ようやく笑顔になって立ち上がった瑠璃がこるりを見る。こるりは遊び疲れたのかおとなしくなったタマを抱き上げて、かぶりを振った。

「わしはよい。二人で行ってくるがよい」

「……そうですか？　海、きれいですよ？　きっと」

「よいのじゃ。わしはちと用があるゆえ」

そう云って、こるりはタマの頭をかるく撫《な》でた。

「出かけてくる。おぬしらも楽しんでこい」

「瑠璃。早く着替えろ」

こるりは気をきかせているのだろう。瑠璃はわかっていないようだったがそう察して博士は瑠璃を促した。頷いて着替えのために押し入れにもぐりこんでいった瑠璃を、タマを抱いたまま部屋を出ていこうとしたこるりがちらっと見やった。


目の前に広がった景色に、瑠璃が目を見開いて、息をのんだ。

「わぁ……！　すごい！　すごいです、博士さま！」

空はよく晴れていた。寒いのは冬だから仕方がないが、陽光の照り返しを受けて波がしらがきらきらと光るのがきれいだ。

表情を輝かせて、瑠璃が波打ち際へ駆けていく。博士もあとに続いた。

「おい、あんまりはしゃぐなよ。転ぶ――」

「きゃっ！」

云ったそばから、砂に足をとられて瑠璃がこけた。

「ほら見ろ、だから云ったろ。大丈夫か？　ほら――……あ」

「あ……」

笑いながら追いついて、瑠璃を助け起こしてやろうと手をさし出して、互いにほぼ同時に短い声をもらして目をそらした。

「すみません。……あはは、ドジですね、わたし」

いくらか顔をそむけるようにして、瑠璃が博士の手ではなく、コートの上から腕に手をかけて立ち上がった。洋服についた砂を払い落とす。まぶしそうに博士を見て、にこっと笑った。

「水に入ってみていいですか？　どらまでやってたんです」

「おれはつき合わないぞ。風邪ひいちまう」

「軟弱ですねー、博士さま」

「おれは雪女じゃないんだよ。そういうところでこるりの影響受けるなよなー」

「あははっ！　気持ちいいですーー！」

真冬だから水は冷たいはずだが、瑠璃には気にならないらしい。靴を脱いでスカートの裾《すそ》をいくらか持ちあげるようにして、ぱしゃぱしゃと寄せてくる波を蹴って笑う。苦笑して、博士は波の来ないあたりに腰をおろしてそれを見守った。

波が寄せてくると、瑠璃は歓声をあげて逃げ、そして引いていく波を追ってくるぶしのあたりまで海に入っていく。

「博士さまー！」

笑顔で手を振った瑠璃に、博士も手を振り返してやった。

冬の陽は、落ちるのが早い。もともと家を出たのもそう早い時間ではなかったから、一時間もすると青かった空は赤味がかかった夕暮れの色に変わっていった。

波遊びを堪能したのか、脱いだ靴を手に持って瑠璃が戻ってくる。ちょっと恥ずかしそ

うに笑って、ちょこんと博士の隣に腰をおろした。

「もういいのか？」

「はい。……今度は、こうやって博士さまのお隣に座りたくなりました」

そう云って、瑠璃はちょっといたずらっぽく笑う。博士も苦笑して、夕日を照り返して赤っぽく光る海へ視線を投げた。ためらいがちに、腕に瑠璃が寄りかかってくる。

傍らを見やると、夕暮れの海を見やる瑠璃の横顔は、幸せそうな笑みを浮かべてはいたが、しかしどこかさみしそうにも見えた。

「さっきまであんなに明るかったのに、あっという間に夜がきちゃいますね」

「ああ。そうだな」

頷いて、博士もまた海の方へ視線を向けた。もう海は半ば暗くなりかけている。夕方は短い。

しばらく、どちらも黙ったまま、海が夜に染まっていくのを見つめていた。

「…………ねえ？　博士さま」

「ん？　なんだ」

ずっと黙っていた瑠璃がぽつりと口を開いて、博士は瑠璃を見た。

瑠璃はまだ、海に目を向けていた。

「もし……わたしが消えてしまっても、博士さまはわたしのこと、忘れないで覚えていて

第六章　不安

くださいますか？」

「え――」

唐突な問いに、博士は一瞬、絶句した。

「……な、何云うんだよ、急に」

「もしもの話です……」

瑠璃は目を伏せた。白い指で砂をつかんで、さらさらとこぼす。

「覚えていてくださいますか？　わたしがいたこと」

「そんなの――あたりまえだろ」

瑠璃がなぜそんなことを口にするのかがわからなかった。戸惑いながら、だが答えなど決まっている。

「忘れちまうわけないだろ。覚えてるさ、ずっと。絶対――」

思わず語気を強くして断言すると瑠璃はようやく博士のほうを見て、ひどく透明な笑みを浮かべた。

「ありがとうございます……博士さま。嬉しいです」

その笑みはあまりにも透明で――ほんとうに瑠璃が云ったようにふっと消えて見えなくなってしまいそうな気がして、ずきん、と心臓が苦しくなった。

第七章　決意

ひとつ息をついて、博士はちらっと瑠璃のほうを見た。

瑠璃はまだ、元気がない。目はテレビに向いていたが見ているわけではなく自分の考えに沈みこんでいるのは見れば明らかだ。海へ連れていってやったのも瑠璃に元気を取り戻させることはできなかった。いや――そのあとのほうが瑠璃はいっそうふさぎこんでいるように見えた。

それでも――博士にしてやれることはその程度のことしかないのだ。

「なあ、瑠璃」

「……あ。はい？　なんでしょうか博士さま」

博士の声に現実に引き戻されて、瑠璃が顔をあげてこちらを見る。

「明日……ピクニックに行かないか」

「え？　ピクニック？」

「ああ。ほら、海には行っただろう？　今度は山に行くってのはどうかな、と思ってさ」

ゆっくりと、瑠璃の顔に笑みが広がっていった。

「…………はい」

こっくりと瑠璃は頷《うなず》いたが、その笑みにはわずかな翳《かげ》りが漂っていた。

「どうした。いやか？」

「いえ！　嬉しいです、とっても。……そんなに優しくしていただいていいのかな、ってちょっと思っただけで」

「なんだよ。おれが優しいと変か？」

「日ごろの行いがあらわれるのう」

「うるせーぞこるり」

「そうですよ、こるりちゃん。博士さまはいつもお優しいです！」

「ならばよいではないか、堂々とぴくにっくとやらにゆけば」

混ぜっ返したこるりをたしなめて逆に言い負かされ、瑠璃が視線を伏せる。こるりが掩護射撃をしてくれたのだと気がついて博士は内心驚いてこるりを窺《うかが》う。

こるりは涼しい顔でタマをじゃらしていた。

「そう、ですね」

まるで自分に云い聞かせるように小声で呟《つぶや》いて頷いた瑠璃は、顔をあげた。博士を見てにっこりと笑う。

「ピクニック、連れていってください、博士さま。わたしお弁当作りますね」

瑠璃に頷いてやりながら、ふと見るといつの間にかこちらを見ていたこるりが慌てたようにふいと視線をそらした。

前回もそうだったが、やはり今回のピクニックにもこるりはついて来なかった。博士は瑠璃と二人、瑠璃が弁当を詰めたというずっしりしたバスケットを片手にハイキングコースをのんびりと歩く。冬だからさすがに花が咲き乱れてはいなかったが、思っていた以上に緑が多くて、何よりも空気がうまい。

瑠璃も体を動かすうちにいくらか気分が晴れてきたようだった。時折見やると博士に返してくる笑みが山の空気同様に澄んだものになっていって、自然、博士の気分も浮き立っていった。

「そろそろ弁当にしようか」

「はい」

もう少しで昼になるころにあたたかそうな草地を見つけてそう云うと、瑠璃はにっこりして頷いた。持って来たシートを広げて、並んで腰をおろす。間にバスケットを置いて、開いた。

「おっ、サンドイッチか」

「はい！　召し上がってください、博士さま」

バスケットに詰められていたサンドイッチは、何か白っぽいものがはさんであった。瑠璃に勧められて一つ、手にとると、……冷たい。

ちょっといやな予感がした。だがやはりここは食わないとかっこうがつかないだろう。

ぱくっ。

「………なあ、瑠璃？」

「はい？」

「これ……もしかして」

「アイスクリームのサンドイッチです」

やっぱり。

「………おいしくないですか？」

「い、いや！　うまいよ、うん。うまい！」

「よかったぁ！　たくさん作ってきましたから、いっぱい召し上がってくださいねっ」

頷いた笑みが我ながらひきつっていた。

冷たくて甘くて……そしてバターとマスタードの風味のついたアイスクリームのサンドイッチを、博士はたぶん、一生ぶんぐらい食べた。

「お茶いかがですか」

バスケットの底から水筒を取り出して瑠璃がにっこりする。

きんきんに冷えた水出し煎茶《せんちゃ》は……うまかったが、寒かった。

それでも——瑠璃が楽しそうにしているのが嬉しかった。

ようやくバスケットがあらかたからになって、満杯になった腹をさすって博士は息をつく。背後に手をついてよく晴れた空を見上げた。

「………ねえ、博士さま」

「ん？」

呼ばれて瑠璃のほうを見やると、ふっ、と瑠璃はまたあのさみしそうな笑みを見せた。

「キス……してくれませんか」

「え」

思わず、博士は硬直した。

そりゃあ——博士だって瑠璃にキスがしたい。だけど博士と瑠璃の間には体温という絶対的な溝があるのだ。瑠璃とキスをすれば博士の唇は凍傷になるだろうし、逆に瑠璃の唇はひどいやけどをして腫《は》れ上がってしまう——。

「……うふっ」

困惑してかたまっていると、瑠璃はひどく悲しそうに笑って、かぶりを振った。

「ごめんなさい、わがままを云って。……博士さま？」

「なんだ？」

首を傾げると、瑠璃は博士の瞳を見つめて笑った。唇をいくらか尖《とが》らせるようにして、そこに自分の指先をあてる。そしていくらか恥ずかしそうに、その手を博士のほうへとのばした。

ほんの、ごく短い一瞬だけ、ひんやりとした冷たさが唇をかすめていった。

頬《ほお》をほんのりと染めて瑠璃が微笑《ほほえ》み、博士もちいさく笑って、頷いた。

たしかに今、博士と瑠璃は——キスをした。

「………わたし」

目を伏せて、瑠璃はため息のように呟いた。

「妖気が抑えられるようになれなくてもいいから——体温が調節できるようになりたかったです」

「瑠璃——」

その声はひどく切なげで、博士も胸が締めつけられるような気分になった。

「だめだよ。妖気が抑えられなかったら退魔師に見つけられて殺されちまうぞ」

「それでもいいです」

ようやくのことで言葉を見つけて絞り出すと、瑠璃は静かな声でかぶりを振った。

「一度でも、博士さまと触れ合えるなら——わたしは、そのほうが」

瑠璃の声は細くなって、消えた。

「——……ごめんなさい」

短い沈黙のあとで、瑠璃は何かを振り払うように頭を振って、顔をあげた。

「いけませんね、こんなわがままを云っては。……行きましょうか？」

「ああ――そうだな」

博士は頷いて、立ち上がった。

それきり、もうどちらもその話題には触れなかった。


マンションに戻ってきた時には、もうすっかり夕方を過ぎて夜になっていた。こるりはどこへいっているのか部屋におらず、瑠璃は考え事がしたいのか戻ってそうそうに散歩にいってしまい、まる一日歩きづくめで疲れた博士は風呂に入ってすぐにベッドにもぐりこんだ。

しかし、それだけ早寝をしたからだろう。夜中に、なにか気配がしたような気がして博士は目を覚ました。

視線だけをめぐらせると、こちらに背を向けて、こるりが立っているのが見えた。こるりが帰ってきた気配に目が覚めたのだろうか。

はっきりとは見えなかったが、こるりは何かを手に持っているようだった。それをじっと見つめて、動かない。

どうやら瑠璃は戻ってきてはいないようだった。

ゆっくりと、博士は起き上がった。

「こるり？」

「え！　あ——……」

声をかけると、びくっ、とこるりは体を震わせてふり返った。同時に手に持っていた紙をくしゃっと握りつぶして投げ捨てる。

「……なんじゃ、おぬし起きておったのか」

「今、目が覚めたとこさ」

そう云いながらベッドの端に座りなおす。そしてふと首を傾げた。

こるりはひどく険《けわ》しい表情をしていた。なにかを思い詰めているような——。

「……こるり？　どうかしたのか」

「え？　いや——どうもせぬが」

いくらかそっけなくそう答えてかぶりを振り、こるりは唇をきゅっと結んで口元に拳《こぶし》をあてた。何か考え込むようにして、一つ息を吸う。そして顔をあげた。博士に向き直る。

「博士」

「ん？　なんだ」

電気の消えた部屋はうす暗い。カーテンごしにわずかにもれ入ってくる街灯と月の明かりにほの青く照らされて、こるりは一歩博士に向かって足を踏み出す。

「おぬし——わしのことをどう思っておる？」

「え？」

唐突な質問に博士は思わず目をしばたたいた。

「どう、って……」

答えにつまって、博士はこるりを見つめる。

いきなり目の前にあらわれた、雪女の少女。初対面の瞬間から罵詈雑言《ばりぞうごん》を浴びせられて何かというと辛辣《しんらつ》なことを云われてやりこめられて――。

だが、なぜか――そうしていることは決して不快ではなかった。

「嫌いか」

黒い瞳がじっと博士を見据える。

「好きか。どっちじゃ」

「嫌いじゃ……ない」

「好きというわけではないのか」

「さあ……どうなんだろうな。そういうふうに考えたことなかったから」

「わしを抱いてくれぬか」

「………へっ？」

かたい口調でいきなりこるりが云って、博士は目を剥いた。

「だ、抱く、って――」

「わしを嫌っておらぬのだったら、抱いてくれ」

きっぱりとした声でこるりはくり返す。

「頼む」

博士をまっすぐに見つめる視線には、強い決意が秘められていた。その瞳を見つめ返して、博士は肺いっぱいに空気を吸い込む。

こるりは本気だ。理由はわからなかったが、どうしても——そうしなくてはならないのだ、ということだけは、わかった。

博士を見つめたままもう一歩、こるりが近づいてくる。腕をのばせば、もうこるりを抱き寄せられる距離に。

無言で博士は手をのばし、こるりを引き寄せて、膝《ひざ》の上に抱き上げた。そのまま体の位置をずらして、こるりを抱き上げたままベッドの上にあぐらをかく。

「……………」

ちいさなおとがいに指を添えてふり向かせると、わずかに怯《おび》えたような瞳が博士を見上げる。博士はふっと微笑《わら》って、やはりわずかに震えているちいさな唇に、自分のそれを重ねていった。

「ん……ぅ——……」

かすかに、こるりが呻《うめ》く。ふっくらとした、弾力のある唇だった。唇の間から舌をさし入れて、歯列を割る。こるりの舌をさがして舌をからめると、ぴくん、ときゃしゃな肩がまるで跳ねるように震えた。

「こるり」

「あ、っ……」

唇を離してこるりの首すじに顔をうずめる。耳たぶをかるく噛《か》んで名前を呼ぶと、こるりはかすかな声をもらして頭をのけぞらせた。

背後からこるりを抱いたまま、着物の合わせ目に手をすべりこませる。

「んっ！　く……」

あまり大きくないふくらみに指先が触れると、こるりは大きく体を震わせて喉《のど》にからんだ声をこぼす。手のひらで包んでやんわりとこねると湿った息を吐いて、もどかしい感覚がするのかじれたようにわずかに身をくねらせた。

「……なあ、こるり？　おまえ、いくつなんだ？　ほんとは」

外見だけを見ればこるりはさながら幼女のようだったが、手のひらの下でこるりのぽっちりとしたちいさな乳首はすでにかたく隆起して、愛撫《あいぶ》に敏感な反応を示している。

「うつけ、ものが……ぅんっ………！」

こりこりする乳首を指先でくにくにとこねるとこるりはひどく切なげな声をあげて身悶《みもだ》える。もじもじと脚をこすり合わせると、博士を誘うようにひざ丈の着物の裾《すそ》が乱れて白い太股《ふともも》の内側がちらりとのぞいた。

「女に……年をきくのか、おまえは」

呼吸を乱しながらも、気丈に憎まれ口を叩《たた》くこるりに博士はくすっと笑った。

「女、なんだな——おまえは」

「あっ……んっ、あふっ——……あっ、はぅっ！」

乱れた裾をあいた手でわけて、着物の奥へと手をさし入れると、ぬるりとした潤いが待ちかねていたように博士の指を迎えた。割れ目全体を大きく撫《な》でるとこるりが鋭い声をもらして全身をぴくぴくと震わせる。

「そうだな——女だ」

「あっ、あっ……あ、ん……っ！」

少女めいた声が濡《ぬ》れて淫《みだ》らに喘《あえ》ぐ響きが欲情を誘う。もどかしい快感にじれて自分からうごめく腰が股間《こかん》を刺激して、博士の分身はむくむくと勢いづいていった。

「脚開けよ、こるり——大きく」

「い、いやじゃ……そんな、恥ず……かしい、こと——……くふぅん……っ！」

「さわってほしくないのか？　ここ——びしょびしょになってるんだろ？　広げて、さわりやすくしてくれよ」

「ぅっ……、ぁ——……ん、はふっ………」

頬を紅潮させ、耳もとから首すじまで真っ赤にして、頭を振りながら、しかしこるりは徐々に自分から脚を大きく広げていく。羞恥《しゅうち》に耐えかねている様子で顔をそむけ、博士の胸元に伏せた。

「こう、か……」

「いい子だな、こるり。どこが感じる？」

「っ！　ふあぁっ！」

濡れた肉びらをかきわけて蜜《みつ》のあふれるそこを手のひらで覆ってこねる。こるりは全身をくねらせてむせび泣きをもらした。

「気持ちいいか？」

「あっ、あ……くふっ………ひ……あ、ぁ………」

くちゅっ、ちゅくっ、としたたる蜜が湿った、淫靡な音をたてる。

「くぅんっ！　あひっ……あっあっ……ひろ、し――……！」

切迫した声が切れ切れに博士の名を叫び、上半身をひねってふり向いたこるりがほっそりした腕を博士の首に投げかけて抱きついてきた。

帯を解き、着物を脱がせて、博士もパジャマを脱ぎ捨てた。改めて、今度は向かい合うようにこるりの体を膝の上に抱き上げる。

「ぅ――……」

熱を帯びて脈打つものを割れ目にこすりつけるとひくひくとこるりが震えてしがみついてくる。

「あっ……く――ふっ、くぅっ……あ！」

手を添えてこるりに腰を浮かさせる。場所を定めてこるりに体を沈めさせていくと、こるりは感極まった声をもらして強く頭を振った。

「あ、あ――博士、博士………い、いい……あ！」

幼い見かけとは裏腹に、こるりのそこは完全に成熟した女のそれだった。ぬめる肉襞がまるでそれ自体が生き物であるかのようにからみついてきて、絶妙に締め上げられる感覚に博士はひくく呻く。

「いいのか？　じゃあ――動いてみろよ」

「あっ、いかん……だめじゃ、あ……はぅっ！」

こるりの腰を上下に揺らすとこるりは鋭い声をあげて全身をうねらせる。大きくのけぞり、すがるように博士にしがみつき、また耐えられなくなったように背をそらして、そのたびに微妙に角度を変えて、肉襞がからみついてくる。

「こるり……」

「あっ、ああっ！　ひ、博士……く……っ………も、もう、もうだめじゃ……あ！」

ひときわ大きな震えがこるりの体を駆け抜ける。顔を伏せて、こるりの乳首を吸うと長い悲鳴をあげてこるりは断続的に全身を痙攣《けいれん》させた。

「あっあっあっ……！　い、いく……あぁっ、博士……っ！」

こるりの声に誘われるように、博士はこるりの腰をグラインドさせ、同時に下から強く突き上げた。びくっ、びくんっ、とこるりが激しく震える。

「あっあっあっ……い、いく、もう……あっ、いく——……ふあああぁぁっ！」

「う……っ」

「ひっ……う、あ、あ、……博士、あぁぁーーーっっ！」

喉を裂かれたような絶叫を迸《ほとばし》らせてこるりが全身をつっぱらせる。きゅうっ、とこるりのそこが強烈に収縮して、ずきん、と熱いものが腰を痺《しび》れさせた。

「あああぁぁっっ！」

博士の迸りを感じて、こるりがまた新たな声をあげて激しく身をよじった。


激しい交合のもたらした、虚脱した深い、しかし短い眠りから、ふっと目が覚めた。

「…………こるり？」

傍らの気配が消えていた。博士は起き上がってあたりを見回す。

たしかに彼は、こるりを腕に抱いて眠っていたはずなのに、ほっそりした肢体はもうど

こにもない。

いやな予感に、胸が騒いだ。

ベッドを降りて、部屋の電気をつける。

こたつの上に何か白いものが置かれていることに気がついた。

二枚の、紙切れ。

そのうちの一方は、どうやら一度くしゃくしゃに丸めたものをもとどおりのばしたらしく、折りじわが無数に残っていた。そういえばさっきこるりが見ていた紙を丸めて投げ捨てたことを思い出す。

紙に書かれていた文字に目を落とした。

『ひろしさま、さようなら。ありがとうございました　るり』

ひらがなだけで、しかし柔らかな達筆で書かれた文字に、胸がずきんと痛くなった。

もう一枚の紙をとって、目を落とす。

『探さぬほうがお主のためじゃ　さらば　こるり』

全身が震え出した。

いったい――なんなのだ、これは。

別れを告げる、こんな短い手紙だけを残して。

瑠璃も、こるりも。

行ってしまったのか――博士を置いて。

博士を、捨てて。

膝から力が抜けた。がっくりと肩を落として、博士は床に座り込む。頭を抱え込んで、呻いた。

たしかに、はじめて会ったころには、瑠璃のことはうっとおしいお荷物だとしか思っていなかった。だが、今はちがう。瑠璃は博士にとっては家族も同じ――いや、家族以上に大切な存在になっているのだ。

こるりだってそうだ。瑠璃の妹だという自己紹介はきっと嘘《うそ》だろうとわかっていたが、それでもなぜか、最初からまるで自分の妹のように感じていた。どれほどからかわれてもタマをけしかけられて傷だらけになっても、本気で腹を立てる気にはなれなかった。もう一人、幼くてまだあどけない、いたずらっ子な瑠璃がそこにいるようで――瑠璃とこるりと三人で過ごした時間は短かったが、瑠璃と二人でいた時以上に楽しかった。

なのに。

もういないのだ——瑠璃も、こるりも。

博士を置いて、博士を捨てて、いなくなってしまった。

二人で。

「なんでだよ……」

弱々しく、博士はやりきれない呟きをこぼした。

「なんで、いっちまうんだ………」

切なくてたまらなかった。


どれほどの時間、唇を噛み締めてそうしてうずくまっていたのだろうか。それほど長い時間はたっていなかったはずだ。

震える息を吐き出して、博士は顔をあげた。

いやだ。

こんなふうに突然、わけもわからずに一人で残されて、それで諦《あきら》めることなど——絶対にいやだ。

二枚の紙を握りしめて、立ち上がる。

少なくとも、こるりがこの部屋を出ていってからはさほど時間はたっていないはずだ。

その直前までこるりは博士の腕の中にいたのだから。瑠璃だって、散歩に行くといって部屋を出ていってから、一度はこの手紙を置いていくために戻ってきている。

まだ、決して見つけ出せないほど遠くにはいっていない。

手紙をズボンのポケットにつっこんで、博士はコートをつかんだ。

探し出してみせる――絶対に。

強く唇を噛んで、博士はマンションを飛び出した。

もうそろそろ、夜が明けようとしていた。

そして――陽がのぼり、中天を過ぎて、夕暮れが夜に変わろうとするころ、博士は疲れきった足を引きずってマンションへと戻ってきた。

見つからなかった。瑠璃もこるりも――。あんなめだつかっこうをしていては街なかで誰かに目撃されていてもおかしくないのにどこで誰にきいても、どこを探しても、二人の姿は、なかった。海へも、昨日ピクニックにいった山へも行ってみたが、そこにも瑠璃はいなかった。

瑠璃は自分の姿を見えないように消すことができる。たぶんそうして、どこかに身をひそめてしまったのだろう。こるりが同じように姿を消すことができるかどうかは知らなかったが、やはりそうできるのかもしれない。

もしかしたら――必死にあちこちを捜し回る博士のすぐ隣に、瑠璃たちはいたのかもしれないのだ。

「くそ……」

呻き声がもれた。

「おい」

ひくい声がして、博士はのろのろと顔をあげて、そして首を傾げた。

「………あんた……」

「すまぬ。おまえの名前を知らなかった」

なめらかな、無表情な瞳がじっと博士を見ていた。綾霞——一度は瑠璃を殺そうとした退魔師が、そこに立っている。

「博士だ。真部博士——……そうだ！　あんた、妖気がわかるんだろう？　瑠璃がどこにいるかわからないか」

博士の言葉に、綾霞はかるく首を傾げた。細い眉《まゆ》を寄せる。

「そうか——やはり、いなくなったのか」

「やはり？　あんた……何か知ってるのか？」

勢いこんで詰め寄ると、綾霞は半歩ほど体を引いて、静かにかぶりを振る。

「わたしは何も知らぬ。ただ、奇妙な妖気を感じた。まがまがしい、おそろしい妖気だった。瑠璃といったか——あの妖《あやかし》のものではないようだったが、どこか似ているようにも思って、様子を見にきたのだが」

抑揚のない声で語る綾霞を、博士は凝視する。

博士がここに住んでいることは、綾霞には告げなかった。博士たちのあとをつけたか、瑠璃の妖気をたどって、ここを見つけてあったのだろう。……何かあった時にはすぐに瑠璃を殺しに来られるように――なのだろうか。

「古い記録をすこし調べた」

淡々と、綾霞が続ける。

「はるかな昔、我々の先達が金色の髪と赤い瞳をした女の妖を封印した、というものを見つけた。その妖は人をくらう鬼だったと伝えられている」

博士は思わず、目を見開いた。

金髪――赤い瞳の、鬼。

いつだったか、一方の瞳だけを真紅に染めて苦しんでいた瑠璃の姿が脳裏に甦る。

だが。

「瑠璃は――雪女だ」

「わかっている。瞳の色もちがう。だが、金髪の妖は多くはない」

心臓がひどく速かった。

鬼。

鬼との間に子供をつくった伝説の雪女。

あの時は、まさかと思ったが。

いや、今はそれよりも瑠璃を探すほうが先だ。

「それで――その奇妙な妖気ってのは」

「先刻、消えた」

「消えた……？　だいたいの方角とか、わからないのか。もしかしたら瑠璃かもしれないんだろう？　頼むよ――思い出してくれよ！」

「忘れたわけではない。わからなくなったのだ」

「どっちでもいいんだよ、そんなのは！　瑠璃がどこにいるか、見つけてくれよ！」

我ながらめちゃくちゃなことを云っていると思った。もし、綾霞の感じたまがまがしい妖気というやつが瑠璃のものなのだったら――瑠璃は綾霞に殺されてしまうかもしれないのだ。

だが、ほかに方法はなかった。博士には瑠璃を見つけることができなかったのだ。

もし綾霞が瑠璃を殺そうとしたら、その時は自分が命を賭《か》けてでも瑠璃を助けようと博士は決めた。

このまま瑠璃たちを見つけ出すことができなければ、きっと二度と会えない。生きていても、死なれてしまったのと同じだ。失ってしまう。

もう――誰も失いたくない。

「頼むよ。どうしても……瑠璃を見つけなくちゃいけないんだ」

「……すまぬ」

視線をそらして、綾霞はちいさくかぶりを振った。

「わたしには――。…………！」

ふいに綾霞が目を見開いて息をのんだ。びくっとして、博士は綾霞が凝視した方向――自分の背後をふり返る。そしてやはり息をのんで立ち尽くした。

そこには奇妙な人物が立っていた。たぶん――男だろう。能か歌舞伎の衣装のような和服を身にまとっておそろしげな仮面をつけていて顔はわからなかったが、女の体型には見えなかった。

仮面の人物は何も云わなかった。仮面の奥から、鋭い瞳がこちらを見つめているのがわかる。本能的に全身を緊張させて、博士はその視線を見つめ返す。

すい、と男が腕を動かした。まっすぐに博士を指さし、そしてその腕をぐるりと泳がせて一方をさす。その動きにつられてそちらを見ると――そこには黒々とした山の稜線《りょうせん》があった。瑠璃とピクニックにいった山ではなく、隣町との境界となっている、あまり高くも大きくもないがうっそうとした場所だ。

あそこに、瑠璃がいるのだろうか。

「………？　……あれ？」

首を傾げ、男のほうをふり返ると、もうそこに仮面の男の姿はなかった。困惑して、博士は綾霞を見る。

「今の……人は？」

「われわれの仲間。わたしなどとは比べ物にならぬほど能力の高いかただ」

まだ緊張を残したおももちで綾霞がこたえる。山の方角を見やった。

「あの妖の居場所を教えてくださったのだ。おそらく――」

「おそらく？」

「わたしは、おまえを信じると云った。だからあの妖を退治するのはしばらく待っていただきたいとお願いした。………おそらく、最後の猶予だ」

心臓が跳ねた。

「何が起こったのか、わたしにはわからぬが、やはり、わたしが感じた妖気はあの妖のものであったのだろう。もしおまえがあの妖を抑えられぬのであれば、あのかたが――」

それ以上聞く必要はなかった。

山へ向かって、博士は全速力で駆け出した。

第八章　戦い

背の高い雑草が足にからみつく。

神社の裏手から、山に入る道がのびていた。とはいえ、ずい分と長く使われていないらしく、道といってもけもの道も同然で、わずかに草がほかにくらべてうすくなっている部分が道らしい、とわかるだけだ。

それでも、時折、折れたばかりだとわかる草があって、誰かがごく最近、ここをとおったらしいことを伝えていた。ともすれば道さえ見失いそうになる中を、その痕跡《こんせき》を追って博士はがむしゃらに斜面をのぼっていく。背後に無言で綾霞がついてきていた。

前方にちらっと白いものが動いた。はっとして、博士はくさむらをかき分けてそちらへ向かう。

「…………！　おまえ！」

「博士」

突然飛び出してきた博士の姿に驚いたように目を見張ったのは、こるりだった。

「瑠璃は——どこにいるんだ」

「…………探さぬほうがおぬしのためじゃとゆうたはずじゃ」

「答えろよ！　瑠璃は！」

遮って詰め寄るとこるりはため息をついた。

「わしも探しておる。このあたりというところまではわかったのじゃが——ん？」

「……！」

はっところりが顔をあげ、ほぼ同時に綾霞が全身を緊張させた。

「これは……」

「また出てきたか」

綾霞が眉《まゆ》を寄せ、苦々しげに呟《つぶや》いたころりに博士は二人の顔を見比べる。

二人が何を感じて、なんのことを云っているのかが博士にはわからない――。

それが、ひどくもどかしかった。

「博士」

険《けわ》しい表情で、ころりがこっちを見た。

「悪いことは云わぬ。おぬしはもう帰れ」

「ば――バカ云うな！」

叫んで、博士はかぶりを振った。

「ここまで来て瑠璃に会わないで帰れるかよ！」

そう――もしかしたら、瑠璃はあの男に殺されてしまうかもしれないのだ。瑠璃に会えなかったら、瑠璃をかばうことだってできないではないか。

「おれも行くぞ。絶対――ついてくからな！」

ころりを睨《にら》み据えると、ころりは大きく息をついた。

「…………こっちじゃ」

博士から顔をそむけるようにして、歩き出す。無言で、あとに続いた。

徐々に、こるりの足は速くなっていった。ついには駆け出したこるりを、博士も走って追う。ほとんど足音は聞こえなかったが、綾霞もやはり背後についてきていた。

ふいに、いくらか開けた場所に出た。こるりが足をとめる。息を弾ませながら博士も足をとめた。

見開かれた瑠璃の青い瞳と、目が合った。

「瑠璃…………」

「博士、さま――」

震えた声で、瑠璃が呟く。悲しげに眉を曇らせて、目をそらした。

「どうして……こんなところまで」

「迎えにきたんだ、おまえを」

答えて、一歩、足を踏み出す。瑠璃が怯《おび》えたようにかぶりを振って、後じさった。

「だ、だめです、博士さま――……来ないで」

「瑠璃！　……帰ろう。一緒に」

「だめ、……できません、わたし…………う……っ！」

「……っ！　瑠璃！」

ふいに瑠璃の表情が歪《ゆが》んだ。苦しげに喉元《のどもと》をかきむしるようにして、体を折る。はっと叫んで瑠璃に駆け寄ろうとした博士の前に何か棒のようなものがさし出されて、それを阻んだ。

「危険だ。さがって――」

いつの間にか綾霞が博士の前に出ていた。博士を押しとどめた長刀《なぎなた》を握り直して、身構える。

「なんなんだよ、いったい……。――……え？　……る、……瑠璃？」

ゆらりと、まるで何かに操られているかのように身を起こした瑠璃を見て、博士は思わず息をのんだ。

「瑠璃……？　おまえ…………？」

「来て……ヒロシ、さま……」

にたりと、瑠璃が笑った。

しゅうっぅ……、と瑠璃の周囲で冷気のようなものが渦を巻いた。博士は愕然《がくぜん》と目を見開いて、瑠璃の足元に生えていた雑草が見る間にしおれて、そして枯れていくのを見つめた。瑠璃が一歩足を踏み出すと踏まれた草が茶褐色に変色していく。渦の中に入った木が同じように見る間に生気を失っていった。

博士をひどく邪悪な笑いを浮かべて見つめる瑠璃の瞳は、真っ赤だった。

「……やはり抑えきれなくなったか」

かたい声でこるりが呟いた。

「さあ……ヒロシ、こっちへ……ワタシのところへ、来て」

「だめだ」

瑠璃の真紅の瞳が博士を見据える。吸い寄せられるように一歩足を踏み出すと、緊張した声で綾霞が博士を引き戻す。

「生気を食われるぞ」

「え――？」

「間違いない。あれが――古文書にあった金髪の鬼だ。人の生気をくらい、果てしなく殺し続けたという鬼女だ」

「鬼女――そんな、だって瑠璃は……！」

「あれも、瑠璃なのじゃ」

瑠璃の姿に目を据えたまま、こるりが絞り出すように呟いた。

「人間を憎み、殺すことになんのためらいも覚えぬ、もうひとりの、……ルリ」

こるりの言葉に、『ルリ』はこるりへ視線を向け、にたぁっ、と笑った。博士へ向けて手をさしのべる。

「さあ、ヒロシ……来て。ワタシと、一つに、なって。……あなたが、ほしいの」

全身が震えた。

体が、動かない。

これが——ほんとうに、あの瑠璃なのか。ぽやぽやでドジでアイスクリームに目がなくて、……純粋で愛らしくてそして優しかった、あの瑠璃と同じ女なのか。

「なんでだよ、瑠璃……どうして」

「ウ、グ……っ！」

無意識の打ちに博士が呟いた時、瑠璃の表情が歪んだ。苦悶《くもん》の表情で身をよじり、がっくりと膝《ひざ》をつく。

「博士さま……だめ——」

喘《あえ》ぎながら、切れ切れに言葉を絞り出すように瑠璃がかぶりを振った。懸命に顔をあげて、博士を見つめる。

「逃げてください……お願い、博士さま——来ないで」

青い瞳に大粒の涙が浮かんで、そしてこぼれ落ちる。

「わたし、幸せでした……博士さまに出会えて………。だから、……うっ………」

瑠璃の瞳が色を変える。青から赤へ——そして赤から青へと、めまぐるしく明滅する。

「お願いです、わたし、もう……おさえ、きれ、な………うぐぅ……っ！」

「瑠璃………っ！」

「く……ククク………」

ゆらりと立ち上がったルリが勝ち誇ったような笑いに肩を震わせた。真紅の瞳がらんらんと光を放って博士を見据える。しゅぅっ！とルリを取り巻く冷気の渦が勢いを増す。

「来て、ヒロシ……永遠にワタシのものになって……くくく……。……っっ？」

自分の前に立ちはだかったちいさな人影に、ルリははっと飛びのいた。

「潮時じゃな」

「おまえ……？　まさか！」

表情を歪めてルリが叫ぶ。ちらりとふり返って、こるりはどこかさみしそうに笑った。

「楽しかったぞ、博士。——……退魔師。もし、わしがしくじった時にはあとを頼む。こやつを——退治してやってくれ」

「ま、待てよ、こるり……？　おい……っっ！」

「やめろ、……やめろォっっ！」

ルリがすさまじい絶叫をあげ、こるりの全身が強烈な光を放った。本能的に手で目をかばって、博士は懸命に光に包まれたルリとこるりの姿を見定めようとする。

ふわっ、と闇に解けるように、光が消えた。

わずかに肩で息をして、瑠璃——いや、ルリがそこに立っている。

こるりの姿は、どこにもなかった。

「フフ……くく……あーっはっはっはっは！」

高らかに、ルリが哄笑を放った。長刀を握り直して、綾霞が身構える。

「真部。逃げろ。おまえをかばっては戦えない」

「瑠璃…………こるり……」

「！　真部！　くっ……」

よろめきながら足を踏み出した博士を引き戻そうとした綾霞を、ルリが投げつけた鋭利な氷の刃が襲った。腕を裂かれて、綾霞が呻《うめ》く。

もう一歩足を踏み出し、博士はくらりと強いめまいを感じた。

全身から、力が抜ける。

「……うっ……………」

にたりと、ルリが笑った。

「瑠、璃……」

力の入らない足を引きずって、博士は瑠璃に近づいていく。目がかすんで、倒れてしまいそうだ。これが、生気を吸われる、ということなのか。

震える腕をのばして、瑠璃の背に回す。

「瑠璃………」

残った力のすべてを腕にこめて、博士は瑠璃を抱きしめた。

「……愛してる…………」

「っ……——！」

びくんっ、と瑠璃の体が激しく震えた。

意識が闇に飲まれていった。


氷や石のつぶてが無数に投げつけられる。生まれたばかりの幼い娘を——鬼と交わって生んだ娘を抱えて、雪女は里から逃げ出した。人でないものと交わってはならない——その掟《おきて》を破った彼女は、里にとどまることを許されなかったのだ。

ちいさな村の外れに破れ小屋を見つけて移り住んだ彼女は、村の畑仕事の手伝いや、時として村の男に体を委《ゆだ》ねることでかろうじて細々と生活をたて、そして娘を育てた。娘は美しく育ったが——ある時、その事件は起こった。

家の屋根に登って遊んでいた子供が足をすべらせて転落した。たまたまその場を通りかかった娘は反射的に地面を蹴って、空中で子供を抱きとめてしまったのだ。

子供の命を救われたことよりも、娘が空を飛んだことに、村人たちは仰天した。

あの母娘は人ではない——たちまちのうちにそれは村じゅうの知るところとなり、そしてたまたま続いていた不作や天災、いくつかの事故は母娘のしわざにちがいない、と誰かが云い出した。

人ならざるものを殺すことを、人はためらわない。母娘の小屋は村人たちに取り囲まれ火をつけられ——そして無情な鉈《なた》が母親の白い胸をざっくりと切り裂いた時、怒りと絶望とが娘の奥底に眠っていた鬼の性質を呼び覚ました。

人間への憎悪、復讐心。鬼と化した娘は村人をことごとく殺害した。異変を察知して駆けつけてきた退魔師の軍団に囲まれ、戦い——その強大な妖力のゆえに退魔師たちにも彼女を殺すことはできなかったが、しかし、封印することにはかろうじて成功した。

強力な呪文をこめた札に封印された壺《つぼ》の中で、正気に戻った瑠璃は自分のしでかしてしまったおそろしい罪に驚愕《きょうがく》し、絶望し、そして同時に耐えがたいほどの孤独にさいなまれることとなった。

泣き暮らす日々。刺激のない無限の時間が、自分が次々と村人たちを手にかけた記憶を無限に再生させてしまう。

(いや……もう、いや…………!　もう、思い出させないで……!)

ついに記憶の重みに耐えきれなくなった瑠璃は、いまわしい記憶を自分の心からちぎり取って、そして、投げ捨てた。

（瑠璃…………）

泣き伏した瑠璃を、ただ呆然《ぼうぜん》と、博士は見つめていた。

瑠璃の背後に、ぼんやりと人影のようなものがこごっていく。瑠璃にどこか似た、だが瑠璃とはちがう、雪女の少女がどこかさみしげに震える瑠璃の背を見つめていた。

「そうじゃ」

静かな声に、博士ははっとふり返る。

「わしは、瑠璃が忌んで捨て去った記憶なのじゃ」

いつの間にか、そこにはこるりが立っていた。

「瑠璃はすべてを忘れることを望んだ。そしてその望みはかなえられた。だが同時に、瑠璃は己れの中の鬼を抑え込むすべも、捨て去ってしまったのじゃ」

どこか呆然とした様子で、瑠璃が顔をあげてあたりを見回している。

（ここは……どこ？　わたしは、……誰？　なんで、こんなところにいるの……）

「鬼というものはな、博士。己れの欲望に忠実な生き物なのじゃ。食いたければ食らい、憎いと思えば殺す。欲しいと思えば、奪う。忘れたいと願ったから、忘れた。……だがな、瑠璃は、おぬしを愛してしまった。おぬしのすべてがほしい、おぬしを己れのものにしたいという願いが――瑠璃の鬼を呼び覚ましてしまったのじゃ」

ちいさな吐息をもらして、こるりはあわい笑みを浮かべた。

「わしの一部——鬼を制御できる記憶だけでも瑠璃に戻してやろうと思ったのじゃが、うまくゆかなんだ。記憶はなかなか、一部だけとか、都合のよいところだけを思い出すというわけにはゆかぬものだな。……だからわしは、瑠璃に戻る。すべてを思い出して、おまえを大切にしたいという瑠璃の想いがおまえを殺してでも己れのものにしたいという欲望に勝てれば、瑠璃は鬼を抑えることができるじゃろう。……さらばじゃ」

「こるり…………？　おい！」

晴れやかな笑みを残して瑠璃のもとへ歩いていくこるりを、博士は見つめた。

やっと——すべてがわかった。なぜあれほどこるりが瑠璃の様子を気にしていたのか、そしてなぜ、あの時……抱いてほしいと云ったのか。

こるりは瑠璃と博士のために、自分の存在を捨てる決意をしたのだ。

体が動かない。

彼はただ、見ていることしかできないのか——。

瑠璃の前に、こるりが立つ。きょとんと、瑠璃が見上げて首を傾げる。

（あなたは……誰？）

（わしか？　わしは……おぬしじゃ、瑠璃）

こるりの手が瑠璃の頰《ほお》に触れる。まだきょとんとしたまま、瑠璃がまばたきをする。

（もとあるべき姿に、戻ろうな、瑠璃——）

こるりが微笑《ほほえ》んで、瑠璃の首に腕を回し、そして深く唇を重ねた。

(あ――……！)

瑠璃の瞳が大きく見開かれる。こるりの姿が徐々に薄れて、消えていく。

「こるり……ぃっっ！」

完全に消える寸前に、こるりがふり返って微笑んだのが見えたような気がした。


――…………いやぁぁっっ！

悲鳴が聞こえたような気がした。


「……！　真部っ！」

鋭い声に、博士は現実に引き戻された。目をあけると、険しい表情でのぞきこんでいた綾霞がほっとしたように肩の力を抜く。

「大丈夫か」

「ああ……平気だ。――！　瑠璃はっ？」

がばっと身を起こし、――手の下に弾力のあるものを感じた。

「う……ん………」

博士に豊満な胸をぐにゅっとつかまれた形で倒れていた瑠璃が弱く頭を振る。

「おまえが彼女を抱きしめた時、ふいに様子が変わった。瞳の赤い光が消えて、そしておまえとともに倒れたのだ」

静かな声で綾霞が告げる。

「妖気も、消えた。だから様子を見ていた」

「そう、か……」

「うーん……」

ちいさな声がして、はっとそちらを見、博士はあんぐりと口をあけた。

「いたたた……」

頭を振りながら起き上がったのは、こるりだった。ぱちぱちとまばたきをし、あたりを見回して、博士と目が合って、そしてやはりぽかんと口をあける。

「ど……どういうことじゃ？　わしは確かに……」

呆然とした表情で、こるりは意識を失って倒れている瑠璃を見つめた。

そっと手をのばして、博士は瑠璃の頬に触れた。

「…………冷たくない」

「え？　そんな――」

いっそう、こるりが混乱した表情になる。

しかし、たしかに、瑠璃の肌は触れられないほどの冷たさではなかった。

「……ん………」

瑠璃がかすかに呻く。そしてゆっくりと瞳を開いていった。

澄んだ青の――瑠璃色の瞳が、半ば夢を見ているように何度かまばたいた。

「博士、さま」

ぼんやりと視線をめぐらせて博士の顔が視界に入ったのか、ふわりと微笑んで、呟く。

起き上がろうとする瑠璃に、博士は手を貸してやった。まだ半ば自失しているこるりを見て、にっこりと笑った。

「こるりちゃん……よかった」

「瑠璃……おぬし」

「いやだったんです。こるりちゃんを犠牲にするのなんて」

どこか恥ずかしそうに頬を染めて、瑠璃は微笑む。

「わたしが勝手に作ってしまったあなただけれど……またわたしの勝手で消してしまうなんて、そんなひどいこと、できません」

「…………そうか」

輝くような笑みに、こるりはゆっくりと一つ、頭を頷《うなず》かせた。

部屋の電気をつける。博士たちが帰ってきたことに気づいたのか、タマが寝場所から這《は》い出て来て、にゃあ、と鳴いた。

「……ただいま、タマ」

しゃがんで、こるりがひょいとタマを抱き上げた。頬ずりをして、頭を撫《な》でてやる。ぎゅっと抱きしめて、そしてかるく促すようにするとタマがとん、と床に飛びおりた。

「さて――わしは壺に帰る」

「え？」

「こるりちゃん？」

驚いて同時に声をあげた博士と瑠璃をいたずらっぽく見やって、こるりは笑った。

「おぬしらの邪魔をするのは本意ではないのでな。わしがおってはいろいろとやりづらいこともあろう？　記憶を捨てることで、瑠璃は鬼としての自分に打ち勝てるほど強くなれたのじゃ。もうわしがついておらぬでも問題はあるまい？」

「いや……しかし」

「そうですよ、こるりちゃん」

「わしはわしでやりたいようにやる。もうわしは瑠璃の一部ではないのじゃから、何をしようとわしの勝手じゃ」

あっけらかんとした口調で云って、こるりは笑う。

「……なぁに、ちょいと昼寝をするだけじゃ。封じられるわけでなし、気が向けばまた出てくる。わしが必要になったら呼ぶがよい。——……あ、壺に水を入れたら許さぬぞ」

ぴっ、と博士に指をつきつけてそう云うとこるりはあれ以来部屋の片隅に置いたままになっていた壺に近づいていって、そして、するっ、と壺に吸い込まれるようにして消えてしまった。

取り残されて、博士と瑠璃はしばらくぽかんと壺を見つめていた。

ゆっくりと、瑠璃が博士を見る。博士も、瑠璃を見た。

「…………二人っきりになれた……のかな」

「そ……そう、ですね」

瑠璃の頬が赤い。引き寄せると、びく、と身をすくませた。

「キスしようか」

「あ…………」

囁《ささや》くと瑠璃の白い肌がいっそう桜色に染まり、唇を合わせると瑠璃の腕がしがみつくように背に回されてきた。

瑠璃をベッドに横たえて、覆いかぶさり、そしてあらためて唇を重ねた。

ようやく――キスをすることができる。

「ぅ………」

ふっくらとした唇をそっと吸い、舌でなぞって甘噛《あまが》みすると、ぞくりと瑠璃が体を震わせて背に腕を回してくる。歯列を割って、瑠璃の舌を吸い上げた。

「んっ……ぁ……博士、さま………」

唇が離れると、瑠璃が甘くかすれた声をもらす。自分の服を脱ぎ捨て、瑠璃の帯に手をかけると、さざ波のような震えが瑠璃の体を駆け抜ける。

「あ、あの……で、電気を――……」

「いやだ。見たい」

「そんな……あっ……！」

着物の胸元を押し広げると、豊かな乳房がこぼれ出てきて、瑠璃は真っ赤になって目をそらす。

「は、……恥ずかしいですぅ………」

「きれいだ」

「ぁんっ！　……は、っ――あ！」

たわわな乳房を手のひらですくいあげるようにしてつかみ、そしてやんわりとこねる。

瑠璃は切なげな吐息をもらして、自分から胸をつき出すようにした。小豆色の、大きめの

乳首が見る間に充血して、かたくなっていく。

「感じやすいんだな、おまえ」

「あふ……っ！　ぅんっ……あ、博士さま………はっ、あぁん……っ！」

指先でかたくなった乳首をさすってやると瑠璃は鼻声で呻いて身をよじる。

「い、や……恥ずかしい……わたし――……あふっ」

「かわいいよ、瑠璃」

声をこらえようとしているのか、顔を隠そうとしているのか、顔を覆った手を外させて瞳をのぞきこむ。瞳を見つめたまま手に吸いつくようななめらかな肌の張り詰めた乳房を大きくこねると瑠璃の瞳がはっきりと潤んでいく。

「あ、あ……だめ、そんな……博士さま、見ない、で……わたし……っ」

震える声で訴えながら、しかし瑠璃の視線は魅入られたように博士のそれに吸いつけられている。

「あ、あ、あ………」

「どうした。気持ちいいんだろ？」

「あっ……ぅんっ……！」

つん、と乳首をつつくと瑠璃は体を大きくうねらせた。

「ひ、博士さま……あ、……じ、じらさない、で………」

熱を帯びて潤んだ瞳が哀願する。くす、と博士は笑った。

「なんだよ。しゃぶってほしいのか、ここ」

「……っ………」

瑠璃が半べそをかいたような顔になる。視線をそらして、だがためらいながらもこっくりと頷いた。

「お願い……ですぅ………わたし、疼《うず》いて……」

ひくく笑って、博士は体の位置をずらした。わざと胸板に瑠璃の乳首がこすれるようにするとそれだけで瑠璃は嗚咽《おえつ》のような声をもらして全身をわななかせた。

ぷくっとふくらんだ乳首を、濡《ぬ》らした唇で撫でる。舌先でつつくと瑠璃の声が大きくなり、いっそうじれて博士の唇に胸を押しつけるように背を浮かせた。

「きゃう……っ！　あ……ひっ、あっあっ、……あぁぁ……っっ！」

大きく舐《な》め上げて、そしてふいに強く吸うと瑠璃は長い悲鳴をもらした。

左右の乳首を交互に吸い、こねて、しゃぶる。瑠璃は絶え間なく声をあげ、全身を大きくよじって、長い髪を揺らして頭を振った。

瑠璃の胸を責めながら、博士は一方の手を下へとのばしていった。きめの細かい、柔らかくて弾力のある肌の感触を楽しみながらくびれたウエストを愛撫《あいぶ》し、なめらかな下腹部から柔らかな恥毛に覆われた丘をくすぐって、そしてその奥へと指をもぐりこませる。

「あ――……！」

びくっ、と瑠璃が体をかたくして鋭い声をあげた。

「ぐしょ濡れじゃないか」

博士の指はそこをたっぷりと満たしていたぬめる液体にひたっていた。ちょっとさらさらした感じの愛液が、したたりそうにあふれ出てきている。

「い、いや……恥ずかしいです……」

「なんで。感じてるんだろ？　嬉しいぞ、おれは」

「あ――……だ、だめ、そこは……！」

敏感な花芽を見つけて指先でつつくと瑠璃はさらに声のトーンをあげる。

「あっ、あぁんっ……！　い、いや……感じちゃう……あふっ！」

「感じろよ、もっと。ここか？」

「ひッ――……だ、だめ、博士さまっ！　わ、わたし……おかしくなっちゃいますっ！あ……、ひぁっ！」

顔を伏せて、すでに博士の唾液《だえき》にたっぷりと濡れて光っている乳首を吸う。もう一方の乳房をこねながら、肉びらの根元をさすり、かき回し、そしてひくつく入り口から指をもぐりこませていくと瑠璃は応《こた》えるように腰を浮かせた。

暖かい感触が指を迎え入れる。ゆっくりと抽挿《ちゅうそう》し、入り口のすぐ内側の、いくらかざらついた粘膜を丹念にさすった。

「あっ……！　博士さま……そんなとこ……あ、あ――わた、し……あぁぁっ！」

にちゅっ、にちゅっ、と湿った音が響く。指を二本に増やしても、瑠璃のそこは難なく博士を受け入れた。

指を開いたり閉じたりしながら、大きくかき回す。瑠璃の全身が激しく震え、瑠璃は白い喉をそらして身悶えた。

「だ、だめ……博士さま、もう、もうだめ………お、お願い……ください、博士、さまを……わたしもう、がまん、できな……あっ、くうぅぅっ！」

博士が指を引き抜くと、瑠璃は切なそうな泣き声をもらした。ぐったりと喘ぐ瑠璃の唇にもう一度ちいさくキスをして、博士は瑠璃の背の下に腕を入れて、抱き起こす。

「え……？」

「上に来いよ」

「え！　そ、そんな……！」

「ほら」

目を見開いた瑠璃に笑って、博士は仰向けになる。腕を引いて、瑠璃を促した。

「…………」

博士の腰の中心で腹につきそうなほど勃起《ぼっき》している場所をちらっと見て、瑠璃は真っ赤になって目をそらした。しかしもう一度腕を引いて呼ぶと、目を伏せたままちいさく頷いて、おずおずと博士の体をまたぐようにしてかぶさってきた。

「入れてくれよ」

「は、い……………あ——！」

しなやかな指が根元にそっと触れて、導いていく。ぬぷり、と先端がのみこまれて、博士は全身が震えるような快感に長い吐息をもらした。

「あ、あ………す、すごい……あ！　だ、だめ、わたし……」

息を弾ませて、瑠璃が徐々に腰を落としていく。甘く、やんわりとからみついてうねる肉襞に、痺《しび》れるような快感がペニスを絞り上げていく。

「瑠璃………」

「あっ、あ……博士、さま………あ——……だ、だめ、……いい………いいです、たまん、な……ああっ！」

体を支えていられなくなったのか、ずぶっ、と一気に根元までのみこまれた。全身で喘ぎながら、瑠璃がたまらない様子で身をよじる。

「ん……あ、はぁ……す、すごい……いいです、博士さま、わたし気持ちいい……」

複雑な曲線を描いて、瑠璃の腰がくねる。瑠璃が頭を振ると金色の髪が大きく揺れる。

「はぁっ、あっ……あ！　い、いい……いいです、たまんない……だめ、わたし、ヘンに

なっちゃう……あっあっあっ……博士さまぁ…………っっ！」

ぐうっ、と瑠璃の肉襞が締まる。柔らかく、しかし強い力で締め上げられ、そしてぴったりと博士に密着したそこがバイブレーションをかけたように激しく震えた。

「うぅ……っ……瑠璃――……いきそうだ……」

「わ、わたしも……あっ、博士、さま……あ、い、いっちゃう……いっちゃいそうです、だめ、もう……もうだめぇ……………ふあぁぁっっ！」

がくん、と瑠璃の頭と背中がそり返る。瑠璃の腰を下から支えて、博士も本能の命じるままに瑠璃を突き上げた。

「あぁぁぁっっ！　い、いっちゃうっ、いっちゃうーーっっ！　博士さま、いい、いいです、死んじゃう、もう……死んじゃうっっ！　あぁぁーーーーーぁぁぁあっっっ！」

激しく長い声を迸らせて、瑠璃の全身ががくがくと痙攣《けいれん》した。

「瑠璃……！」

「ひろ、し……さま…………っっ！」

どくんっ！と最後に残った自制が吹き飛んで、博士の迸らせたものを感じて瑠璃が切れ切れに博士の名を呼ぶ。

まだ恍惚《こうこつ》としたまま、虚脱して胸の上に崩れ落ちてきた柔らかな体を、博士は力いっぱい抱きしめた。

Epilogue

ばたん、と玄関の戸が開いた音がした。

「ただいまですぅーー！」

「おう。おかえり」

「あっついですぅーーーーっっ！」

ぱたぱたと部屋に飛び込んできた瑠璃は鞄を投げ出すなり、ベッドによじのぼった。四つんばいになって腕をのばし、クーラーの羽根の向きを変える。セーラー服の襟元を引っ張って広げ、そこに涼風を流し込んで、はぁぁっ、と満足げな吐息をもらした。高い位置でポニーテイルに結んだ金髪が瑠璃の頭の動きにつれて揺れる。

あれから半年。瑠璃は春から博士の学校に通うようになった。博士とちがって古文はさすがに得意なのだが理数系がまったくだめで、期末テストですごい点数をとってしまってこんな真夏日に補習に呼び出されてしまったのだ。

「あっついーー。ああ、でも涼しくて気持ちいいですーー」

瑠璃はようやくほかの雪女のように体温の調節ができるようになった。しかし、そうはいってももとが雪女なので普通の人間よりは体温は低めで、そして暑いのがものすごく苦手のようだった。夏になってからこっち、クーラーは常にフル稼働だ。……まあ、博士は別に冷え性ではないから気にはならないが。

どちらかというと今の博士が気になるのは、瑠璃のお尻とか胸元のあたりだった。

瑠璃はベッドに膝《ひざ》をついて、上半身を枕の上のほうにあるクーラーに向かってのばしている。短いスカートは形のいいヒップをぎりぎり隠すか隠さないかの位置で、あとほんのちょっぴりずれれば下着が見えそうで、そのくせ見えない。そして瑠璃がセーラーの胸元のあたりを引っ張っているせいで、胸の隆起が布地に押しつけられている。

汗でわずかに湿ったセーラーに、くっきりと浮かび上がった、大きめの乳首。和服をずっと着ていて慣れていなかったからなのか、瑠璃はブラジャーをつけようとしないのだ。胸の下のあたりにブラが食い込むと気持ちが悪くてたまらないのだという。

セーラーの裾《すそ》からは、ちらっと、真っ白なわき腹のあたりがのぞいている。

この光景にむらむら来なかったら、はっきり云って男じゃない。

博士は瑠璃が帰ってくるまで眺めていた雑誌をそっと脇に置いて、立ち上がった。瑠璃の背後に回ってのぞきこむと、案の定あわいピンクの下着がちらっとスカートのすそからのぞいている。よじれて割れ目に食い込んだ下着のふちから、ちょっぴりだけ、瑠璃のあそこが隠しきれずにのぞいていて、もうすでにふくれあがっていたムスコがどくん、と脈を打った。

「え――……あ！　ひ、博士さま？」

瑠璃の腰を引き寄せると瑠璃がはっと声をあげる。

「きゃっ！　あっ、だ、だめですよぉ……あ、あぁんっ！」

むっちりとした白いお尻を剥き出しにして、割れ目を鼻で押しのけて、そこを覆っている布ごとかぶりつく。ぴくん、と瑠璃が体を震わせた。

「あっ、ちょっと……博士さま、だ、だめ……あ、だめですってば！　………あ！」

いちばん敏感な場所をさぐりあてて吸うと、瑠璃の声の調子が変わった。ぶるっ、と腰が震えて瑠璃がずるずるとベッドに倒れ込む。

「は……っ！　んっ……博士、さま………だめ、わたし……汗かいて……」

「いい匂《にお》いがするよ」

瑠璃のそこを鼻でぐりぐりと刺激して、博士は布の脇から舌をのばす。

「あふぅっ！　そ、そんな、このまま……？　だ、だめですぅ……あ――……んっ！」

感じるスポットを舌でいじられて瑠璃が声を詰まらせる。

もとから感じやすかった瑠璃の体は、この半年でさらに博士によって開発されている。

瑠璃の感じる場所を知りつくした博士の的確な愛撫《あいぶ》にあっという間に瑠璃は呼吸を乱してとろんととろけた甘い声をもらしはじめていた。

「あ、あぁ……ひろ、し……さま………そんな、そんなに……」

「瑠璃も。してくれよ」

瑠璃の腰を抱えたまま博士は瑠璃を横倒しにし、体の位置を入れ換える。

「はっ……はぁ、あ――……ぅん…………は、はい………」

促されて、瑠璃の手がベルトに伸びてくる。ベルトを外し、ファスナーを降ろして、博士のものを下着から引き出すと、ちゅぷっ、と濡《ぬ》れた唇が先端から含んでいく。

「うっ……」

「ん、むぐ………んぅ……」

根元に指をからめて、フクロにもやんわりと刺激をくわえながら瑠璃が唇と舌で博士を愛撫する。博士も瑠璃の性感帯を知りつくしているが、瑠璃のほうも同様に博士のスポットは知りつくしている。

「いいぞ、瑠璃……もっとしてくれ」

「ふぁい……んんむ……」

根元まで含み、吸い上げ、そしてずるりと引き出して、今度は幹を横ぐわえにされる。ちろちろと舌が這《は》い、巻きつき、くすぐって、気持ちのよさに博士は呻《うめ》いて瑠璃の腰を抱え直した。下着の布を脇へ押しやって、唇で瑠璃のクリトリスを包皮ごとはさんで、くにくにと甘噛《あまが》みすると瑠璃が鋭く息をのむ。

「はぅ……っ！　あ、あっ……ひ、博士さま………だめ」

「だめじゃないだろ」

とぷん、と瑠璃の蜜壺《みつつぼ》から愛液があふれ出てくる。それを指ですくいとって、もう一方の入り口へと塗り広げていく。

「ふあぁっ！　だ、だめです、そこ弱いんですぅ……っ！　あぁんっっ！」

きゅっ、と博士のモノを握った瑠璃の指に力がこもる。

「だ、だめ……そんなにされたら、わたし………あっあっ……」

はあっ、はぁっ、と激しく喘《あえ》いで、瑠璃は切なげに博士の股間《こかん》に頬《ほお》をこすりつける。懸命に舌をのばして博士を愛撫しようとしては博士の愛撫にのけぞって身悶《みもだ》えした。

「博士、さま——……あ、あぁぁん………」

「おクチが留守になってるぞ」

「だ、だって……あんまり、博士さまがするからぁ……んっ……ちゅぷっ……」

先端に瑠璃が唇を押しあてて、にじみはじめた先走りを吸い取る。ずきん、と快感がはしって、博士はお返しに瑠璃のそこを強く吸いあげた。

「ひぁっ！　だめ、いっちゃうっっ………！　あ！」

博士が唇を離して、びくん、と瑠璃が震える。目を見開いてこちらを見つめる瑠璃に笑い返して、博士は身を起こした。もう一度瑠璃を四つんばいにさせて、下着を降ろして先端を押し当てた。

「あ——……博士、さま……ぅんん………」

ずぶずぶともぐりこんでいく博士の砲身を感じて瑠璃が感極まった吐息をもらす。

「い、いい……気持ち、いいです……あ、……あた、る……はあぁ……っ！」

Epilogue

前へ手を回してセーラーをまくりあげ、たわわな胸をいじってやると瑠璃の声がさらに高くなった。

「あ――あはぁっ……！　ひ、博士さまぁ………」

ぐいと腰を突き出すと瑠璃が長い声をあげて身をよじる。

「んっ、んあっっ！　あ、だ、だめ、すごい……わ、たし………そ、そこ……！」

「ここか？」

「あぁんっ！　い、いいっ！　いっちゃう、もうだめ、いっちゃううっっ！」

瑠璃が自分からも腰を使いはじめた。

「あっあっあっ！　あ、いい……す、すごい……あ、はぁぁっ……！」

「う――……瑠璃、おれも……」

「い、一緒に……あっ、博士さま！　あぁぁっ、いくっ！　ああーーーーんっっ！」

「……くっ………！」

瑠璃の肉襞が激しく震え、博士をこすりたてるのに合わせて、博士も一気に己れを解放した。荒い息をつきながら瑠璃がぐったりとベッドに体を倒してため息をつく。

「もう……博士さまったら――」

「なんだよ。おまえだって感じてたくせに」

「だって、博士さまがあんなことするんですもの……」

真っ昼間から痴態を演じてしまったのが恥ずかしいのか瑠璃が唇を尖《とが》らせる。

「どっちもどっちじゃと思うがな、わしは」

「え――……」

「えっ？　……きゃあっっ！」

突如として聞こえてきた、聞き慣れた声にそちらを見た瑠璃が真っ赤になって悲鳴をあげる。慌ててベッドカバーを引き寄せて剥き出しの胸を隠した。

「こっ……こるりっっ？」

「久しぶりじゃのう。睦《むつ》まじいようで何よりじゃ」

しれっとした顔でそう云って、こるりはにやりとした。

「それにしても激しいのう、いつものことながら」

「い、……いつも？」

「おお」

声をひっくり返した博士を見て、こるりはくすっと笑う。

「云うたであろう、わしは自分の意志で壺に戻ったのじゃからな。いつでも出てくることなどできるわ。おぬしらの営みは時々見ておった。……おお、タマ」

遊び友達が戻ってきたことに気づいて駆け寄ってきたタマの姿に、こるりは目を細めてしゃがみ、タマを抱き上げた。

「大きくなったのう、おぬしも。久しぶりにわしと遊ぶか？　……見られたくないのなら壺をどこか別の部屋に置いておくのじゃな。いつまでも壺をこの部屋に置いておくおぬしらが悪いぞ」

部屋を出ていきしな、絶句したまま硬直している博士たちをちらっとふり返って、こるりはにやっと笑った。

ＥＮＤ

あとがき

どもー。前薗はるかです。

前作に引き続き、『真・瑠璃色の雪』も前薗が書かせていただけることになりました。アイルさんいつもありがとうございます（おじぎ）。イラストも、一部描きおろしです！リバさんお忙しいのにえっちぃイラストどうもありがとうございました。

今回は、新キャラのこるりちゃんと、前回このゲームを小説にした時には出せなかった恵ちゃんを中心にお送りしました。……そのぶん、双葉・若葉の二人とかじつは前薗のお気に入りな美弥さんが出せなかったんですけど、彼女たちには前回いっぱい喘いでもらったので諦めました。今回はHなしになっちゃいましたけど、陽子や綾霞さんのHも、ゲームのほうにはちゃーんとありますので、そちらで楽しんでくださいね。

いつもお世話になってるみなさま、今回もお世話になりました。
ここまで読んでくださったみなさまも、ありがとうございます。
またお会いしましょうね。

2000年7月　前薗はるか拝

真・瑠璃色の雪 ～ふりむけば隣に～

2000年8月30日 初版第1刷発行

著　者　前薗 はるか
原　作　アイル【チーム・Riva】
イラスト　リバ原 あき

発行人　久保田 裕
発行所　株式会社パラダイム
〒166-0011 東京都杉並区梅里2-40-19
ワールドビル202
TEL03-5306-6921 FAX03-5306-6923

装　丁　林 雅之
制　作　有限会社オフィスジーン
印　刷　株式会社秀英

乱丁・落丁はお取り替えいたします。
定価はカバーに表示してあります。

既刊ラインナップ

定価 各860円+税

1 悪夢 ～青い果実の散花～ 原作:スタジオメビウス
2 脅迫 原作:アイル
3 痕 ～きずあと～ 原作:リーフ
4 慾 ～むさぼり～ 原作:May-Be SOFT TRUSE
5 黒の断章 原作:Abogado Powers
6 淫従の堕天使 原作:DISCOVERY
7 Esの方程式 原作:Abogado Powers
8 歪み 原作:May-Be SOFT TRUSE
9 悪夢 第二章 原作:スタジオメビウス
10 瑠璃色の雪 原作:アイル
11 官能教習 原作:テトラテック
12 復讐 原作:クラウド
13 淫Days 原作:ルナーソフト
14 お兄ちゃんへ 原作:ギルティ
15 緊縛の館 原作:XYZ
16 密猟区 原作:ZERO

17 淫内感染 原作:ジックス
18 月光獣 原作:ブルーゲイル
19 告白 原作:ギルティ
20 Xchange 原作:クラウド
21 虜2 原作:ディーオー
22 飼 原作:13cm
23 迷子の気持ち 原作:フォスター
24 ナチュラル ～身も心も～ 原作:フェアリーテール
25 放課後はフィアンセ 原作:スィートバジル
26 骸 ～メスを狙う顎～ 原作:SAGA PLANETS
27 朧月都市 原作:GODDESSレーベル
28 Shift! 原作:Trush
29 いまじねいしょんLOVE 原作:U・Me SOFT
30 ナチュラル ～アナザーストーリー～ 原作:フェアリーテール
31 キミにSteady 原作:ディーオー
32 ディヴァイデッド 原作:シーズウェア

33 紅い瞳のセラフ 原作:Bishop
34 MIND 原作:まんぼうSOFT
35 錬金術の娘 原作:BLACK PACKAGE
36 凌辱 ～好きですか?～ 原作:アイル
37 My dearアレながおじさん 原作:ブルーゲイル
38 狂*師 ～ねらわれた制服～ 原作:クラウド
39 UP! 原作:メイビーソフト
40 魔薬 原作:FLADY
41 臨界点 原作:スィートバジル
42 絶望 ～青い果実の散花～ 原作:スタジオメビウス
43 美しき獲物たちの学園 明日菜編 原作:ミンク
44 淫内感染 ～真夜中のナースコール～ 原作:ジックス
45 My Girl 原作:Jam
46 面会謝絶 原作:シリウス
47 偽善 原作:ダブルクロス
48 美しき獲物たちの学園 由利香編 原作:ミンク

★ホームページができました　http://www.parabook.co.jp/

49 せ・ん・せ・い 原作:ディーオー
50 sonnet～心かさねて～ 原作:ブルーゲイル
51 リトルMyメイド 原作:スィートバジル
52 flowers～ココロノハナ～ 原作:CRAFTWORK side・b
53 サナトリウム 原作:ジックス
54 はるあきふゆにないじかん 原作:トラヴュランス
55 プレシャスLOVE 原作:BLACK PACKAGE
56 ときめきCheck in! 原作:クラウド
57 散櫻～禁断の血族～ 原作:シーズウェア
58 Kanon～雪の少女～ 原作:Key
59 セデュース～誘惑～ 原作:アクトレス
60 RISE 原作:RISE
61 虚像庭園～少女の散る場所～ 原作:BLACK PACKAGE TRY
62 終末の過ごし方 原作:Abogado Powers
63 略奪～緊縛の館 完結編～ 原作:XYZ
64 Touchme～恋のおくすり～ 原作:ミンク

65 淫内感染2 原作:ジックス
66 加奈～いもうと～ 原作:ディーオー
67 PILE・DRIVER 原作:ブルーゲイル
68 Lipstick Adv.EX 原作:フェアリーテール
69 Fresh! 原作:BELLDA
70 脅迫～終わらない明日～ 原作:アイル【チーム・Riva】
71 うつせみ 原作:BLACK PACKAGE
72 Xchange2 原作:クラウド
73 M.E.M.～汚された純潔～ 原作:アイル【チーム・ラヴリス】
74 Fu・shi・da・ra 原作:ミンク
75 絶望～第二章～ 原作:スタジオメビウス
76 Kanon～笑顔の向こう側に～ 原作:Key
77 ツグナヒ 原作:ブルーゲイル
78 ねがい 原作:RAM
79 アルバムの中の微笑み 原作:curecube
80 ハーレムレーサー 原作:Jam

81 絶望～第三章～ 原作:スタジオメビウス
82 淫内感染2～鳴り止まぬナースコール～ 原作:ジックス
83 螺旋回廊 原作:ruf
84 Kanon～少女の檻～ 原作:Key
85 夜勤病棟 原作:ミンク
86 使用済～CONDOM～ 原作:ギルティ
87 真・瑠璃色の雪～ふりむけば隣に～ 原作:アイル【チーム・Riva】
88 Treating 2U 原作:ブルーゲイル
89 尽くしてあげちゃう 原作:トラヴュランス
90 Kanon～the fox and the grapes～ 原作:Key
91 もう好きにしてください 原作:システムロゼ
92 同心～三姉妹のエチュード～ 原作:クラウド
94 Kanon～日溜まりの街～ 原作:Key
95 贖罪の教室 原作:ruf
97 帝都のユリ 原作:スィートバジル